文學研究叢書・現代詩學叢刊

通向天堂的大門
——東方勃朗寧羅門和蓉子傳論

龍彼德　著

自序

　　美國普利茲獎和自由勳章獲得者威爾・杜蘭特曾經滿懷激情地寫道：「為什麼我們會充滿敬意地面對高山之巔的飛瀑，面對夏夜海面的圓月，卻不願意以同樣的敬意來面對一個傑出的優秀的人呢？其實，沒有什麼自然奇觀能比得上偉大的人性。」「生活中每一種偉大的著述，每一件藝術作品，每一個誠摯的生命，都是一種來自天堂的召喚，都是一扇通向天堂的大門，只是我們過於急切熄滅了希望之火和崇敬之光。」羅門和蓉子都是杰出的、優秀的人，他倆的作品便是來自天堂的召喚，一直通向天堂的大門。

　　這是一本傳論，由《愛與詩的交響──記羅門和蓉子的人生》與《羅門論》、《蓉子論》、二人合論《來自天堂的召喚》組成。論是重點，以傳帶論，有分有合，互為映照，相得益彰。既再現了有「東亞勃朗寧夫婦」、「中國文學傑出伉儷」之美譽的羅門和蓉子的壯麗人生，及長逾半世紀的詩路歷程；還分析了二人的藝術風格、抒情策略、語言特色，與影響詩壇的經典篇章，結合他倆的詩歌主張，特別是羅門的理論建樹，對他們在當代詩壇乃至現代人生活中的價值作了恰當的評估和定位。書中對「美」與「永恆」的探討，對「宗教情懷」的闡發，對形式創的抉微……均屬作者的創見，值得閱讀注意。

目次

愛與詩的交響
——記羅門和蓉子的人生

在我的燈屋裡，唱盤旋出螺旋形的年輪；樂音旋成螺旋形的心靈世界。螺旋形，深且看不到底；進去，也不易出來。所以，螺絲釘便是屬於那種堅定與釘了而不易拔出來的東西。而這種戀，究竟是屬於哪一種戀呢？是對愛人、對生命、對整個世界與宇宙之存在嗎？都任你去想吧！

——羅門《螺旋型之戀》

一　生日燭在颱風夜點燃

　　一九五四年十一月二十日，是羅門二十六歲生日。他邀請女詩人蓉子與他共度，蓉子爽快地答應了。當羅門在他的單人宿舍裡將一切準備就緒，才記起昨夜廣播電台的天氣預報：今日有颱風過境。一陣急雨恰在此時敲打南窗，分明是在證實此預報的準確性，緊接著是一陣大風，把他桌上的稿箋，蝴蝶般吹了個滿地。羅門連忙關上敞開的房門，彎下腰來撿拾地上的東西，同時擔心地叫道：「蓉子，你還能來嗎？」

　　這天是星期六，下午可以提前下班，所以羅門將約會的時間訂在四點即十六時。他看了看手錶，還有一刻鐘，但是風雨卻沒有停下來的樣子。為安全計，蓉子還是不來的好；從感情想，他渴望馬上見到

她……十五分鐘的矛盾煎熬不知道是怎麼過去的,隨著隔壁鄰家那座老鐘「噹,噹,噹,噹」的四聲敲打,樓道上響起了「咯,咯,咯,咯」的皮鞋聲,門開了,放進一陣風,一個衣裙半濕、鬢髮貼臉、手拿花雨傘、微微氣喘的麗人出現在面前,感激涕零的羅門連忙接過花雨傘,遞上乾毛巾。

「我沒有遲到吧?」蓉子邊擦邊問,也不知擦的是汗水還是雨水,反正二者混在一道了。

「沒有,沒有!」羅門著重強調道,「甚至比鐘錶還要準時。」他請蓉子入座,進入他事先安排好的程序:喝咖啡,交談,晚餐,交談,點蠟燭,切蛋糕……

羅門,本名韓存仁,一九二八年十一月二十日出生於南中國海南島文昌縣。祖父當過進士,父親從事遠洋航海的船業生意,是當地的富商,但當日寇侵華,故鄉淪陷,韓家的產業失去了一大半,羅門幼年的幸福生活便宣告結束。他十二歲進空軍幼校,二十歲轉入杭州筧橋空軍飛行官校,曾代表空軍足球隊出席在上海舉行的全國運動會。一九四九年,二十一歲的羅門隨官校到臺灣,因踢足球傷腿停飛,一度當過半職業性的足球運動員,還同停飛的同學一起辦過農場。一九五一年,考進民航局,擔任民航圖書室管理員,獲得讀書與寫作的機會,從此走上了文學的道路。

蓉子,本名王蓉芷,一九二八年五月四日誕生於江蘇吳縣一個牧師的家庭。她八歲失去母親,在父親的教堂裡度過童年。她最早接觸到的是古希伯來民族的詩歌:那些莊嚴的頌歌,那些迎接勇士歸來的凱歌,那些靜默的祈禱如大衛王的詩篇,那些歌頌神聖愛情的如雅歌,給了她音樂的氣息與生命的躍動,也培植了她美的追求與詩的靈感。通過對泰戈爾、冰心、徐志摩、何其芳、馮至等詩人詩作的閱讀,蓉子在初中就開始寫詩了。國文老師給她的評語是:「『東西』很

好，字不好。」同學們則稱呼她為「冰心第二」。然而，蓉子的求學之路卻很不平坦。早年她就讀的江陰教會學校毀於戰火，只好轉入揚州中學借讀一學期，再轉學至上海設於租界的華東基督教聯合中學。讀完初中續升高中時，太平洋戰爭爆發，日本人入租界，學校解散，轉入當時唯一尚存之南京金陵女大附中讀完高中。大學就讀於建村農學院森林系，才一年，又逢學校解散，輟學教書大半年，考入交通部國際電臺。一九四九年二月，隨國民政府撤退來臺，奉調到臺北籌備處工作，時年二十一歲。

羅門的愛詩，與愛蓉子是同步進行的，也可以說互為因果。一九五一年十一月，蓉子在《自立晚報》的《新詩周刊》第四期發表了第一首詩《為什麼向我索取形象》（發表時題目為《形象》），接著該周刊第五期又發表了她後來用做集名的《青鳥》。從此，成為《新詩周刊》上「經常且主要的作者之一」（紀弦語）。《文壇》、《詩誌》、《現代詩》、《日月潭》、《幼獅月刊》等刊物也相繼發表她的詩歌。乘著這大好的走勢，一九五三年十一月蓉子在中興文學出版社出版了她的處女集《青鳥集》，也是臺灣第一本女詩人專集，立即引起了轟動。正如已故詩人覃子豪所言：「作者將她的嘆息、哀愁、希望和理想，真摯地表現在詩裡，而成為極感動人的詩篇。」蓉子也被譽為臺灣新詩壇第一位女詩人。羅門為《青鳥集》所感染，心靈起了一種奇異的波動，及至在一次詩會上見到蓉子本人，更有一種強烈的衝動……「我要捕捉這隻美麗的青鳥！」羅門暗暗地下定了決心。

羅門十分聰明，他知道蓉子是一個優秀詩人，要想獲得她的芳心，自己必須成為一個優秀的甚至於傑出的詩人。他本來就喜歡詩與藝術，這一下又增加了極大的動力。於是，他的閱讀面更廣，鑽研更深，寫作更勤了。就是這一年，與蓉子交往的一九五四年，羅門在紀弦主持的《現代詩》季刊發表了第一首詩《加力布露絲》。由於用紅

字刊於封底，引起詩壇的注目，有些詩友戲言：「羅門，你第一炮就紅了！」俗話說，良好的開端是成功的一半，羅門對蓉子的追求從此更大膽、更直率，他約蓉子來共度生日，就是想進一步發展二人的關係，說出關乎一生、最最重要的那句話。

室外雨急風驟，室內溫暖如春。咖啡換過兩次，交談尚在進行。從蓉子的敘述中，羅門感受到一種純淨的宗教氣質，使她能超越個人的得失，從容應對炮火、離別與流亡，所以才寫出這麼一手好詩。從羅門的傾訴，蓉子覺得他是一個好奇特的人，熱情，坦率，想怎麼幹就怎麼幹，一點兒也不做作，不僅有橫溢的才華，更有一顆誠懇、熾烈的心……

「春宵一刻值千金」，用古人的話形容這情景是再恰當不過的。隨著貝多芬鋼琴奏鳴曲樂聲的響起，他倆進入到「點蠟燭，切蛋糕」的最後一道程序。

羅門充滿激情地說：「生日燭在風雨夜點燃，象徵著我的生命經得起任何打擊！」

「不，那也包括我的生命，」蓉子糾正道，「今年也是我的本命年，別忘了，我只比你大半歲……」

「對，對，對！」羅門狂喜地叫道，「象徵著我倆的生命，也象徵著我倆的愛情！」

蓉子羞澀地低下了頭。在二十六支燭光的輝煌映照下，在樂聖無與倫比的旋律的豪華伴奏中，她是那樣純潔，那樣雅致，那樣嬌美，那樣溫柔，羅門抑止不住胸中的大潮，將蓉子一把抱在懷裡。

「祝你生日快樂」的歌聲，壓倒風雨之聲，在這間小房子裡也在大天地間久久地迴盪……

蓉子離開羅門的宿舍時，外面的風雨已小了許多。羅門跑到大街上，好不容易叫了一輛三輪車來，為蓉子送行。車老板以颱風為名抬

高價格，平日一向節儉的羅門竟毫不猶豫地答應，因為這個晚上對他來說太幸福了，那奇妙的感覺他還想多體會體會。

三輪車的容量十分有限，但是，放下車帘，卻是一個自足的二人世界。羅門和蓉子緊緊地挨坐在一起，雖然沒有燈光，看不見對方的眼睛，但卻能感受到彼此的呼吸乃至心跳，這比什麼都要寶貴。《野有蔓草》、《上邪》、《我記得那美妙的一瞬》、《羅密歐與茱麗葉》等若干中外愛情名篇名句不期而至，他倆的交談又有了新的內容。

蓉子的住處到了，可是，二人捨不得分手，三輪車又蹬回羅門的宿舍，羅門不肯下車，車頭重新掉轉方向……就這樣，在東亞，在臺北，在一個颱風之夜，一輛孤獨的三輪車在風雨中來回轉著，轉出詩的軌跡，轉出愛的經典，轉出不平凡的人生。

二　六個「四」：一場特殊的婚禮

一九五五年四月十四日星期四下午四時，羅門與蓉子在臺北中山北路一座古雅的老教堂舉行了婚禮，因為這一年是民國四十四年，加上這兩個「四」，一共是六個「四」，堪稱是一場特殊的婚禮。

羅門在《詩的歲月——四月十四日難忘的這一天》一文中解釋：「這日子是奇想的。」似乎僅止於詩人的浪漫主義想像，但從中國傳統文化及習俗考察，以四合稱的事物相當多，人文因素也是相當突出的。如：老子提出「域中有四大」——「道大，天大，地大，人亦大。」佛教以地、水、火、風為四大。儒家稱孝、悌、忠、信為四德，稱《論語》、《孟子》、《大學》、《中庸》為四書。二十四史中最聞名的是四史——《史記》、《漢書》、《後漢書》、《三國志》。醫學方面有東漢張仲景提出的望、聞、問、切四診。文學方面有四大民間傳說、四大古典戲劇、四大古典長篇小說。書法有真、草、隸、篆四

體，文具將筆、墨、紙、硯稱文房四寶，文人的特長是琴、棋、書、
畫四藝……等等。為什麼又選擇「六」呢？這可能與《聖經‧創世
記》有關，上帝創四到第六日，「天地萬物都造齊了，神造物的工已
經完畢，就在第七日歇了他一切的工，安息了。」可見「六」是圓滿
的象徵。羅門與蓉子選擇六個「四」為大婚日，不無東方文化與西方
文化相結合的色彩。

這場婚禮之所以特殊，還在於婚宴上舉行了前所未有的詩歌朗
誦。《現代詩》主編紀弦第一個上場，朗誦了羅門的那首歌頌愛情和
理想的處女作《加力布露斯》。接著，是詩人彭邦楨、上官予、謝青
及電台主持人等分別朗誦多首祝賀詩，羅門與蓉子各讀一首自己寫的
詩以示答謝。最令人感動的是《公論報‧藍星周刊》主編覃子豪，他
在賀詞中以「勃朗寧夫婦詩人」美言羅門與蓉子的結合，給予溫馨的
激勵與祝望，那也是以後長時間他二人被稱呼為「中國詩壇勃朗寧夫
婦」的開端。覃子豪的賀詩題為《創造的起點》：

> 鐘聲響了
> 合唱開始了
> 圍繞著詩和音樂的聖壇
> 是一個生命旅程的起點
> 在今天
> 我以這首至誠的小詩
> 送你們走進馥郁的花果園
> 在詩的王國裡
> 創造永恒的春天

他那帶有四川口音且聲情並茂的朗誦，使婚宴達到高潮。經過覃子豪
事先的籌劃，凡是朗誦的賀詩，包括他的賀詞，都刊登在當天的《公

論報・藍星周刊》上，占了整整一版，在臺北藝文界一時傳為美談。

事後，羅門寫了《四月的婚禮》，記下當時的感受：

> 玫瑰色的日子來了
> 耳、目、心房陸續收到快樂的信件，
> 我同力露接信就去的，
> 在海水湛青天空變藍時動身，
> 去訪那常時在懷中默戀著的春園，
> 聽說那邊綠色的果林長年在心上茂生，
> 藍色的別墅在夏日夢裡格外明麗，
> 紅磚屋在「想像」的樹叢中半露，
> 別緻的臥室同小書房在燈下久候，
> 「幸福」的鄰居為我們準備賀餐，
> 我同力露接信就去的，
> 在教堂的門前登車，
> 那時正是花開鳥鳴的四月天。

蓉子也寫下《夢裡的四月》留住新婚的感動：

> 翠茂的園子
> 圍繞著這座肅穆的教堂
> 如海水簇擁著燈柱。
>
> 我靜靜地來到裡面，
> 盞盞乳白色的燈
> 像我的夢在發光；
> 還有那彩色的玻璃窗

直窺天國的奧秘。

啊！每當我來到這裡：
童年的回憶一再升起
——多麼親切而滲和著憂情的
愉快記憶啊！
那是我父親的教堂
我們在其中長大

如今是四月花開的日子
濃蔭中有陽光瀰漫，
樹叢中有鳥聲啼唱
空氣裡洋溢著芳香
於是我作了一次抉擇——
等復活節過後
我將在這兒獻下我的盟誓
和愛者去趕一個新的程途！

　　婚後，蓉子承擔起家庭主婦與業餘詩人的雙重責任。為了應付家庭開支和經濟困難，她仍必須繼續在國際電信局工作，其辛勞自不待言；每天下班，既要做家務，還要看書寫作，往往忙不過來；輪到上小夜班，晚上十一點半才能回到家裡，人已經疲憊不堪，躺下就睡著，什麼事也幹不了。逢上風雨天下班，車又只能送到大街上的巷口，而巷子又長又深，聽到的只有自己的孤獨的鞋聲，幸有羅門拿著雨傘站在街燈下等候，這是成家前不曾有過的溫馨。但是，也有例外，碰上羅門第二天值早班，她只好強壓心中的恐懼，滿身濕透地回到家裡。

　　蓉子的溫柔與忍讓，是相當突出的，充分昭示了中國女性的優秀品格。羅門感同身受，體會最深，他這樣寫道：

> 由於你一直在宗教家庭長大，你給人的印象一直都是安安靜靜與和和氣氣的；而我年輕時，因學飛行、打足球、愛動，加上自我意識又強，所以生活上的許多事情，往往總是由於我的堅持，而使你只好接受與忍讓。譬如家裡地方小，我寫詩，有時需要放一些背景性的音樂；而習慣在安靜中構思的你，便難免受到影響了；又家裡的佈置與任何東西的安放，都幾乎是照我的所謂「藝術與科學化」的方式處理的，這時你又是不能完全適應的；有時到外面餐館去吃飯，我雖也叫你點菜，但點了一個，我總是將菜單又拿過來自己再點，而我點的，你不見得喜歡吃，但你還是將就吃了。又你在日常生活中，動作比我緩慢，我常常把你催得心頭發急；的確每當我缺乏一分耐性時，便是在你心上增加一分耐性。印象最深的，是我出門常常坐計程車，而你提著一大堆日用品，還是擠著公共汽車回家，看你勤儉的樣子，再想起你滿懷感慨的話：「別人一個人做事，養一大家，都省錢買下了房子；我們兩人做事，到現在還沒有錢買房子……」我心中怎能不感動與內疚呢？也許作為一個詩人，既不會理財又有點任性，並非什麼大錯，但由於長期的忍讓，我內心對你由於虧欠所產生的歉疚，便也無法避免了。

　　正是在蓉子的鼓勵與支持下，羅門銳意進取、潛心寫作，歷時四年，於一九五八年在《藍星詩社》出版了他的第一本詩集《曙光》，並分別獲得「藍星」及「詩聯會」詩獎。稱蓉子為羅門「打開創作之門的執鑰人」並不過分。在詩集《曙光》的序言中，羅門就深情地寫道：「必須感謝我詩的恩人《青鳥集》作者女詩人蓉子，她的賢慧與

才識叫醒我潛伏中的才華去進行這項詩的不朽的工作。」在回答詩人
高歌的專訪時，羅門說得更具體：「當我與蓉子在詩神的祝福下，成
為夫婦後，我便被一種不可阻擋的狂熱帶進詩的創作世界來了──如
果，那些往日在我年輕心靈中，衝激著詩與音樂的美感生命，是一條
未曾航行過的冰河，那麼，蓉子的出現，便是那製造奇蹟的陽光。」
在後來漫長的歲月裡，羅門還不止一次地聲明：「貝多芬培養我的詩
人心靈，而蓉子引燃我的詩人生命。」

　　蓉子婚後在詩壇沉寂了一段時間，一方面是對家庭主婦這個新的
身分的適應，完成從單身貴族到兩人世界的轉軌，但又不放棄詩歌，
不放棄創作，這需要調整，少不了矛盾，也少不了痛苦；另一方面，
是對自己的期許，對藝術的追求，《青鳥集》是「第一個春天就萌芽
了的泉水」，她必須出山奔向大海，而不能滿足就地擱淺。「我願意更
多地把握自己一些，而並不急於做一時的跳水英雄，去贏得片時的喝
采；我願意更多顯露自己的面貌，但必須先有靈魂和實質為後盾。」
羅門對蓉子的這段話作了最好的解釋（真是知妻莫如夫）：「這些年
來，你一直都在企求透過上帝、大自然與詩的通感性，去觸及人生的
寧靜面與永恒的安定感。」經過八年之久的沉默（從《青鳥集》問世
的1953年算起）與八年之苦的探索，一九六一年蓉子的第二本詩集
《七月的南方》由藍星詩社出版。它為蓉子帶來了更大的影響和更多
的聲譽。高上秦的〈千曲無聲──蓉子〉一文，對此有很好的概括：
「這充滿光、影，繽紛的色彩和聲音的詩集，洋溢著一股新鮮而說不
出的詩味，一種生命的感覺時時流動其間。這本詩集把她的知名度，
大大地推廣了一番。詩人張健、劉國全、藍采、張秀亞……等人，都
曾一再地在各刊物上，撰文評介。她的堅忍和沉默不曾白費。她已正
式親炙了『一樹欲融的春天和逐漸上升的燦美』。」

《麥堅利堡》：將太平洋凝聚成一滴淚

一九六二年，羅門赴菲律賓觀摩民航業務（這時他已任民航高級技術員近四年），來到位於馬尼拉城郊的麥堅利堡公墓。該公墓是為紀念第二次世界大戰期間七萬名美軍在太平洋地區戰亡而建立的，它以七萬座大理石十字架，分別刻著死者的出生地與名字，非常壯觀也非常淒慘地排列在空曠的綠坡上，展覽著太平洋悲壯的戰況，以及人類悲慘的命運。

馬尼拉海灣在遠處閃爍，芒果林與鳳凰木連綿遍野，景色美得過於憂傷，四周靜得令人恐懼……一點兒思想準備都沒有的羅門，打心眼裡產生一種莫名的戰慄，似乎那冷寂、淒慘與死滅的世界，正以籠罩一切的勢力向他壓來，即使他人在歸途也不肯罷休，直到他由馬尼拉返回臺北將它寫出來，沉重的心懷才逐步得到緩解。

麥堅利堡

> 超過偉大的
> 是人類對偉大已感到茫然

> 戰爭坐在此哭誰
> 它的笑聲　曾使七萬個靈魂陷落在比睡眠還深的地帶

> 太陽已冷　星月已冷　太平洋的浪被炮火煮開也都冷了
> 史密斯　威廉斯　煙花節　光榮伸不出手來接你們回家
> 你們的名字運回故鄉　比入冬的海水還冷

在死亡的喧噪聲　你們的無救　上帝的手呢

血已把偉大的紀念沖洗了出來

戰爭都哭了　偉大它為什麼不笑

七萬朵十字花　圍成圓　排成林　繞成百合的村

在風中不動　在雨里不動

沉默給馬尼拉海灣看　蒼白給遊客們的照相機看

史密斯　威廉斯　在死亡紊亂的鏡面上　我只想知道

　　　　那裡是你們童幼時眼睛常去玩的地方

　　　　　那地方藏有春日的錄音帶與彩色的幻燈片

麥堅利堡　鳥都不叫了　樹葉也怕動

凡是聲音都會使這裡的靜默受擊出血

空間與空間絕緣　時間逃離鐘錶

這裡比灰暗的天地線還少說話　永恆無聲

美麗的無音房　死者的花園　活人的風景區

神來過　敬仰來過　汽車與都市也都來過

而史密斯　威廉斯　你們是不來也不去了

靜止如取下擺心的錶面　看不清歲月的臉

在日光的夜裡　星滅的晚上

你們的盲睛不分季節地睡著

睡醒了一個死不透的世界

睡熟了麥堅利堡綠得格外憂鬱的草場

死神將聖品擠滿在嘶喊的大理石上

給升滿的星條旗看　給不朽看　給雲看

麥堅利堡是浪花已塑成碑林的陸上太平洋

一幅悲天泣地的大浮雕　掛入死亡最黑的背景
七萬個故事焚毀於白色不安的顫慄
史密斯　威廉斯　當落日燒紅滿野芒果林於昏暮
神都將急急離去　星也落盡
你們是哪裡也去不了
太平洋陰森的海底是沒有門的

　　古今中外寫戰爭的詩數不勝數，但像羅門這樣「不受觀念與理念世界的束縛，也不受學問與智識的拖累，更不受主知或主情等無關緊要的問題干擾」，緊緊抓住人類「戰慄的性靈世界」不放，在「戰爭、死亡、偉大」這三者的糾纏中，直抵人類命運所遭受的困境，反射人類性靈真實的劇痛與奧秘，卻是少見的。

　　這與他「精神所站的位置」有關。正如他在《〈麥堅利堡〉詩寫後感》所言：「不僅是站在創作對象的正面，而且站在創作對象的四面與內面，去作整體性的觀察，將心感活動如一面鏡置在事件發展的全面而非片面的終局上，緊握住精神交互的縱橫面。結果發覺，那歌頌的激情，竟自然地在慘重死亡所引起的戰慄感裡低沉下來，一種極度沉痛的力量便也從底下起升，將『偉大』與『不朽』推到次要的地位……」

　　也與他藝術的表現方法有關。亦如上文所寫：「我的注意力是集中在如何去把握全詩中戰慄感的氣氛，如何去控制『死亡』與『沉痛』在詩中的活動力，如何使每一句詩都沉浸在強烈的悲劇性中，如何使全詩產生出整體性的精神戰慄感應而……」如：氣氛。羅門是在下午已近黃昏時刻來到麥堅利堡的，「太陽已冷　星月已冷　太平洋的浪被炮火煮開也都冷了」就是具象的氣場，從中不難看出時間的流逝、歷史的積澱和傷痛的積累。「麥堅利堡　鳥都不叫了　樹葉也怕

動／凡是聲音都會使這裡的靜默受擊出血／空間與空間絕緣　時間逃
離鐘錶／這裡比灰暗的天地線還少說話　永恆無聲」，這已將「靜
默」最大化，將「戰慄感的氣氛」渲染到極至，讀到這樣的詩句誰能
不戰慄？次如：「活動力」。作者在「附注」中說明：他是與友人」往
遊此地，並站在史密斯、威廉斯的十字架前拍照」，史密斯、威廉斯
二人便很自然地成了他詩中的形象，這使得他的詩想──後來他稱之
為「作者心靈中深一層的不凡的看見」。有了寄托物，詩的知性找到
了感性並與之溶合，而避免了枯燥。詩中四次痛呼「史密斯、威廉
斯」的名字，對他倆的代敘、問訊、傾訴、哀悼分別置於四節中，總
共十七行，占全詩三十五行的近二分之一，份量之重可想而知。羅門
所說的「死亡」與「沉痛」；就體現在此二人身上，這便是以個別反
映一般，以個性透視共性。其中，「在死亡紊亂的鏡面上　我只想知
道／那裡是你們童幼時眼睛常去玩的地方／那地方藏有春日的錄音帶
與彩色的幻燈片」，以及「你們的盲睛不分季節地睡著／睡醒了一個
死不透的世界／睡熟了麥堅利堡綠得格外憂鬱的草場」，　這幾行詩
句格外感人。三如：「悲劇性」。羅門將「戰爭」擬人化，「戰爭坐在
此哭誰／它的笑聲　曾使七萬個靈魂陷落在比睡眠還深的地帶」，
「哭」與「笑」的矛盾就構成了「悲劇性」，因為「死亡」是繞不開
的。「戰爭都哭了　偉大它為什麼不笑／七萬朵十字花　圍成圓　挑
成林　繞成百合的村／在風中不動　在雨裡也不動」，「戰爭」與「偉
大」的矛盾也構成了悲劇性，原因也在於「死亡」。所以，羅門寫
道：「超過偉大的／是人類對偉大已感到茫然」，並將此二行作為此詩
的題辭。」一個是上帝既無法處理也無法導演的悲劇便相連貫通了
《麥堅利堡》全詩，形成沉痛至極的悲劇形態──上帝造人，本是要
人和平相處，可是人在一起，常避免不了紛爭，被命運與處境推到死
亡的邊緣去拚命，這些事上帝是既阻止不了，也是無可奈何的。當

然，為正義與自由而戰，有時是必須的，但在事件悲慘的總結局裡，人也難免陷在極度的痛苦中，對一切事物感到茫然了！」《〈麥堅利堡〉詩寫後感》的這段話，可以做題辭的注腳。四如：「繁體性」。全詩五節，分別寫了悲劇的戰慄、時間的戰慄、空間的戰慄、時空交感的戰慄、全面的戰慄，結構嚴謹，環環相扣，直到最後一節：「死神將聖品擠滿在嘶喊的大理石上／給升滿的星條旗看　給不朽看　給雲看／麥堅利堡是浪花已塑成碑林的陸上太平洋／一幅悲天泣地的大浮彫　掛入死亡最黑的背影」，把全詩推向了高潮，使讀者全陷入到他那「整體性的精神戰慄感應面」。

　　《麥堅利堡》一詩，最初發表在一九六二年十月二十九日的《聯合報》副刊，次年即一九六三年五月收入羅門的第二本詩集《第九日的底流》（藍星詩社出版）。它標誌著羅門已完全告別《曙光》時期的浪漫主義詩風，確定了他個人的創作觀與特殊的風格——「詩人必須用『生命』非用『智識』寫詩；詩人必須向『生命』與『藝術』進行雙向投資。」從而進入到一種偏向於現代人繁複的心象活動、偏向於現代藝術表現主義的技巧，追求「創新性」、「前衛性」與「震撼性」，以呈現具有深度美的「生命」的新階段。

　　這首詩，給羅門帶來了世界性的聲譽。一九六七年，在菲律賓舉辦的第一屆世界詩人大會上，《麥堅利堡》榮獲菲總統馬可仕金牌獎。會議中安排了「世界詩人作品朗讀發表會」。美國的高肯（W. H. Cohen）教授用英文讀完羅門的《麥堅利堡》，接著由羅門本人以中文朗讀該詩，剛剛讀畢，高肯跑上台來將羅門高高舉起，並高聲喊道："It is a great poen!" 主席尤遜對觀眾說：「羅門帶著偉大的東西到會裡來！」高肯曾是美國大專學院的駐校詩人，他後來應聘到臺灣任政大客座教授，再一次寫下讀《麥堅利堡》一詩的感言：「羅門是一位具有驚人感受性與力量的詩人，他的意象燃燒且灼及人的心靈……我被

他詩中的力量所擊倒。」第一屆詩人大會還安排各國代表去馬尼拉近
郊參觀「麥堅利堡」軍人公墓。美國詩人李萊・黑焚（Lerey Hafea）
博士提議，由他朗誦羅門的《麥堅利堡》，並請大家於朗誦前向七萬
座十字架默哀一分鐘。在低沉陰暗的天空下朗誦的場面十分感人，不
少國家的詩人都向羅門致意，認為此詩觸及到了戰爭的本質與人性的
深處。李萊・黑焚留下的感言是：「李萊・黑焚能在麥堅利堡十字架
間為世界詩人大會朗讀這首偉大的詩，使我感到光榮。」另一位美國
著名的女詩人凱仙蒂・希兒（Hyacilnthi Hill），對《麥堅利堡》寫下
的感言更生動：「羅門的詩有將太平洋凝聚成一滴淚的那種力量。」
此後，美國第三屆世界詩人大會、韓國第四屆世界詩人大會，以及在
愛荷華大學「國際作家寫作計劃」會議、水牛城州立大學、香港大
學、大陸多所著名大學與泰國、菲律賓文藝界都朗誦過羅門的《麥堅
利堡》。此詩被翻譯成多種文字，收入多種選本，以此詩為大學教
材、攻讀碩士博士論文的也不少。關於《麥堅利堡》的評論文章與相
關資料，已出版了一本專書。

三 《維納麗沙組曲》：完成自己於無邊的寂靜之中

當羅門在向外，向大，向人類進發，奏響震聾發瞶的交響樂時，
蓉子並沒有為其光芒所掩蓋，而是在向內，向小，向自己深入，彈奏
交錯繁美的抒情曲。一九六六年十一月至一九六七年一月，她創作了
《維納麗沙組曲》。

這是一組以維納麗沙為中心的、各自獨立又相互連貫的組曲。它
由《維納麗沙》、《親愛的維納麗沙》、《維納麗沙之超越》、《關於維納
麗沙》、《肖像》、《時間》、《重量》、《災難》、《邀》、《登》、《維納麗沙
的世界》、《維納麗沙的星光》這樣十二首小詩構成。這一詩體是蓉子

的獨創，說「它們像十二扇隨意開闔的門」，是再恰當不過的。無論何時，打開其中的任何一扇，都能夠看到詩中主角維納麗沙的部分面影；如果多打開一扇，就多了解她一些；要是全部打開，則可以見到她的全貌。

蓉子的「夫子自道」如下：

> ……對於我自己，這十二首屬於組曲中的小詩就像十二顆小小的珠璣，也許琢磨得尚不夠光澤渾圓，但它們形成的過程確如蚌中之珠，是一個人的性靈在感受外界砂粒侵入的痛苦後於悠長的歲月中逐漸形成的，那是一個孤困的生命向完美作無盡的掙扎！面對這世界急流的海洋，人得忍受無數次的波濤的衝擊，那不被海流捲走而猶然保持靈魂晶瑩的便需忍受痛苦的砂粒！可是誰會想到那光澤圓潤的珍珠竟然是由這些令人極端不適的砂石吸收了痛苦的淚水所形成而終於貴重起來！

《維納麗沙組曲》——可以毫不含糊地說——是蓉子的一段心靈史，它記錄了女詩人的成長與成熟的過程。「過往的維納麗沙／是一朵雛菊　似有若無地金黃／浸溢在晨初醒的清流之中／沒有任何藻飾的原始的渾樸的雛菊」（《肖像》），純潔，美麗，天真無邪，那是對童年歲月的緬懷，然而，「接受某一種邀約／便是把自己套上一種繩索／開出某一白晝或夜晚的支票／於是那時刻便從你分出／不再屬於你自己」（《邀》）。一旦長大，進入社會，受到物欲的誘惑，人就開始了變異。「美麗的維納麗沙／你有難以止息的憂傷／當『現實』的槍彈一陣掃蕩／哀哉　我們的同伴有多人中彈／多人受傷多人死亡。」（《維納麗沙之超越》）這是多麼嚴峻的情況，誰也迴避不了這場考驗，從而激發起蓉子的勇氣：「你靜靜地走著／讓浮動的眼神將你遺落／因你不需在炫耀和烘托裡完成／——你完成自己於無邊的寂靜之

中。」(《維納麗沙》)以冷對熱,以靜致遠,這是抗拒誘惑、制止浮躁的最佳策略,也是女詩人的氣質和性格決定的。「沒有人為你添加甚麼 維納麗沙/(縱然一粒芥菜籽的金黃 就會/金黃了你整個夢境)/你自給自足 自我訓練 自我塑造/掙扎著完美與豐腴 從荒涼的夢谷/不毛的砂丘 而在極地/在極地是否有一簇繁花為你留存?/唯晌午我聞到一聲金石鏗然/一顆星在額前放光!」(《維納麗沙的星光》)這是多麼堅定的意志,又是多麼宏大的氣魄!甚至讓人聯想到一千多年前的宋代傑出詞人李清照,與其柔中帶剛的風骨是一脈相承的。

《維納麗沙組曲》也昭顯了現代女性的新形象。正如《肖象》一詩所寫:「你在雛菊與檀香木之間打著鞦韆/在過往與未來間緩緩地形成自己!」所謂「過往」既指童年,也指傳統,所謂「未來」,既含今天,更指現代,新的女性便誕生在傳統與現代的交接之時。「維納麗沙/你不是一株喧嘩的樹/不需用彩帶裝飾自己」(《維納麗沙》)這種獨立性;「關於維納麗沙 一切是隔絕的/那隔絕的島 遙遠的風鈴以及/風沙島上的仙人掌」(《關於維納麗沙》)那種隔絕感;「所有漫不經心的都將漫不經心而過/唯我們被推拒 被阻撓 被摔落/而時間大踏步向前……/啊,越過!」(《時間》)諸如此類的時間意識,正是現代性的幾個特徵。除此而外,《災難》一詩寫到了「無匹的名畫都浸漬洪水中/去歲 在佛羅稜斯。/縱然全力去修補也修復不了/最初 的價值──」提到了西方,提到了文藝復興時期意大利著名畫家列奧那多·達·芬奇的油畫《蒙娜麗莎》;《關於維納麗沙》一詩寫到了「拿破崙被放逐在聖海倫島上」……均表明新的女性完成於東方與西方的融合之處,是兼具東方、西方的優點,而以東方稟賦為主。

關於「維納麗沙」這個名字,蓉子作過一次解答:

多次地被人問題，為何要取「維納麗沙」這個名字？甚至有人把她和「夢娜麗沙」（按：大陸譯為「蒙娜麗沙」）相混淆起來。其實取一個名字倒也不一定有甚麼深長的含意的。必須說明的是《維納麗沙組曲》中的女主角和「夢娜麗沙」全無半點相連相似之處──我絕非以夢娜麗沙的藍本來寫維納麗沙的。她們是生活在兩個不同時代中的不同人物，夢娜麗沙因一抹神秘的微笑而馳名，因達文西（按：大陸譯為達‧芬奇）而不朽──我真羨慕畫中人那份安適與寧謐，好像世界從不曾攪擾過她一樣；我詩中的維納麗沙卻全不是這樣，她生活在一個擾攘喧囂的年代，在不停地跋涉充滿風沙的長途，但不忘自我塑造。這是一組自我世界的描繪，自我靈魂的畫像，一組孤獨堅定的徐徐跫音，當她走過山嶺平原所發出的一些真實回音……

《維納麗沙組曲》中的詩，曾於一九六七年間先後發表在《純文學》、《現代文學》、《自由青年》等雜誌上，並曾在一九六七年、一九六八年那一段時期內，在各大專院校和詩人們自己主辦的朗誦會上多次地由蓉子自己朗誦過。例如：在臺大海洋詩社主辦的「維納麗沙之夜」，蓉子朗誦了組曲中的第十一首《維納麗沙的世界》：

當眾多事物像樹枝一樣地分岔
雜草的林子裡便充滿遺忘

他們眺望你底世界
祇聽見夏雨傾瀉的回響

那絹質煙雲的窗帘　似無骨的輕逸

　　將你的憂勞遮住

　　（日午是壯闊的分界嶺　倘你繼續奔赴有無數待砍伐的荊棘）

　　祇見盈盈蝶衣鋪陳著春日歡悅
　　不聞百難的河與崎嶇的山嶺　以及

　　悚然的風景　古簫一樣的靜
　　古剎鐘聲般冷然

　　且無人知那寂寞的高度　獨目的深度
　　以及河流永不出海的困憊

　　維納麗沙　你就這樣的單騎走向
　　通過崎嶇　通過自己　通過大寂寞……

　　典雅的意象，雋永的語言，音樂般的節奏，把全場幾百人都征服了。偌大的會場，只聽到蓉子一個人的聲音。當她念到結尾，呈現了宗教般的境界，達到了情、理、美三者的高度統一，聽眾們全為之陶醉，過了半分鐘，才驟然響起暴風雨般的經久不息的掌聲。

　　其他的朗誦會有：師大英語學會與耕莘文教院聯合舉辦的「詩交響樂之夜」、輔大的「新詩朗誦會」、淡江英語學會等專為羅門和蓉子舉辦的「文藝之夜」、臺南成功大學邀請他倆專程前往主持的「詩人之夜」，以及臺中東海柯美雪教授的美國文學史班，還有藝術館和作家咖啡屋等場所，都曾經傳誦過一段日子。

　　一九六八年夏天，在美國奧立岡大學執教的榮之穎博士將《維納

麗沙組曲》譯成英文，收集在蓉子和羅門共有的英譯詩選《日月集》中，由美亞出版社出版。

　　一九六九年十二月，純文學出版社出版了蓉子的第五本詩集《維納麗沙組曲》。該詩集由上、下兩集組成，上集就是這個風靡一時的《維納麗沙組曲》。

四　愛的歲月：是詩說的

　　　　把妳每天用詩
　　　　　釀造的白晝
　　　　泡好在那杯茶裡
　　　　將妳每日用筆尖
　　　　　裝訂的夜晚
　　　　堆滿在你沉思的燈下
　　　　一聲晚
　　　　一聲早
　　　　日月已伴我們
　　　　　走了三十年

　　　　三十年
　　　　是詩說的
　　　　就讓詩回頭來看
　　　　白晝與夜晚
　　　　都一頁頁
　　　　疊在「日月集」裡
　　　　疊高成時空的「燈屋」

　　這是羅門於一九八五年四月，為紀念結婚三十周年寫的一首詩：
《給「青鳥」──蓉子》的第二章。「三十年／是詩說的」，四十年、
五十年……何嘗不是詩說的？羅門與蓉子於二○○五年已過了金婚
期，正在向更珍貴、更快樂的鑽石婚靠近。一個「愛」字寫滿了所有
的年曆和日曆，愛的歲月──一點兒也不誇張──是詩說的。

　　一九六五年五月十日至五月二十日，應韓國文化出版界之邀，蓉
子以女詩人的身分，與女小說家謝冰瑩、女散文家潘琦君組成中華民
國女作家代表團赴韓國訪問。在此之前，羅門寫了《鳳凰鳥──送蓉
子代表女作家訪韓》一詩：

　　　那是放鴿子與噴泉開放的日子
　　　當花環環住我心中的夏威夷島
　　　一隻鳳凰鳥
　　　便也在此刻輝煌滿了我的雙目

　　　愛妻　　QVEEN是印在紙牌上的
　　　你是我眼中的鳳凰鳥
　　　還沒有飛到目之頂點
　　　太陽更提前用光猛擊你的前額
　　　讓你的彩翅去華麗北國的天空

　　　童時　　教堂的鐘聲與風琴
　　　說給你聽的一切仍在
　　　戴面紗的日子　「青鳥」飛向「七月的南方」
　　　　白朗寧夫婦也從百年前的英格蘭趕來
　　　歲月在鐘面上划著玲瓏的雙槳
　　　我的眼睛便永遠工作在你的眼睛裡

　　　　為完成那種沒有距離的凝望

　　「鳳凰」是中國古代傳說中的百鳥之王，和龍一樣的漢族的民族圖騰，常用作吉祥的象徵。鳳凰也分雄雌，但一般的是將其看作陰性；在中國文學中多比喻為「真摯的愛情」。羅門在「鳳凰」之後加一個「鳥」字，去掉了神秘色彩，以此稱呼他的愛妻蓉子，足見其份量之重和感情之深。

　　一九八八年九月，在臺灣開放民眾回大陸探親半年以後，蓉子回到了她闊別近四十年的故鄉。由於分隔在海峽兩岸，蓉子的旅程跨越廣東、湖南、江西、浙江、江蘇五省，來回長達四十天，羅門思妻心切，竟一連寫了四首詩，充分展示了他的愛之強度與抒情水平。

　　這四首詩均以「蓉子返大陸探親」為副題，並標上數序，但在內容上各有側重、在寫法上各有不同。

　　第一首《單翅鳥》側重的是「單」。本來「每次南下北上」，你我「總是一起上車／一起下車」。今天分開兩處，都是獨自坐車，不管「旁邊的座位／有沒有人坐／都是空的」。在我的旁邊，「坐著我一生對你的思念」；在你的旁邊，「坐著你三十多年搬不動的鄉愁」。「思念」與「鄉愁」都是無形的，因為「坐」的組合而成為有形，將自己的離愁、妻子的孤單（由於回鄉探親屬於圓夢，倒是興奮壓倒離愁）表現得十分到位。

　　第二首《中秋夜看月》，突出的是「中秋月」。「三十多年來／我們都是一同在燈屋的窗口／看中秋月」。今晚，發生了變化：「妳在離我千萬里外的故鄉／看故鄉月／我在離妳千萬外的異鄉／看異鄉月」，別緒由茲而生。

　　　　我們的臉與月亮的臉
　　　　　　相照在三面反光的鏡裡

（這絕不是圓圓的月亮要這樣
　　是圓圓的炸彈要這樣）

三面「反光的鏡」的意象是美的，但將分離的責任歸結到「圓圓的炸彈要這樣」就不恰當了，屬於誇張失度。好在後面有個聯想：月亮被我叫動了，「將它美麗的桂樹／給我看成心中的榕樹／這樣　榕樹與蓉子／不就有一字可找的連線了嗎／加上整個天空／僅留下一輪月」。只要盯著月亮看，「即使妳遠在千萬里之外／月光也會把妳帶回燈屋的窗前／同我與廿多盞燈／在一起團圓」。這個聯想既巧妙，還有互文作用，讓人想到「灩灩隨波千萬里，何處春江無月明」、「千里共嬋娟」等古典詩詞名句。

　　第三首《別妳半個月後妳的臉》，強調的是「妳的臉」。

　　　別離後　妳的臉
　　　從一張張被社會塗改的臉中
　　　　　　　　　脫出
　　　　　同天空的臉
　　　　　原野的臉
　　　　　大海的臉
　　　　　河流的臉
　　　　　日月的臉
　　　一同在大自然的畫廊裡
　　　　　　原版展出

這是後現代的拼貼手法，由於「妳的臉」是「從一張張被社會塗改的臉中」「脫出」的，這一拼貼的效果就更加顯著，表明他的愛妻純潔、自然、本真，保有「原版」的嬰兒態，而嬰兒態正是人文學者所

崇尚的人性復歸。

　　　　當凝視變成一支鑽石針
　　　　看的世界響成聽的世界
　　　　它已不只是那幅典雅的
　　　　　　《維納麗沙》詩畫像
　　　　更是一張虔誠的聖樂唱片
　　　　　　　伴著教堂的鐘聲
　　　　　　　　一路鳴響過來

　　這是傳統的通感，將視覺轉為聽覺。因為中介物「鑽石針」的作用，從「妳的臉」急轉為「詩畫像」，又急至「聖樂唱片」且伴以「鐘聲」，形成強大的音流浩蕩而來，加了現代色彩，也加了宗教氣氛。

　　第四首《為了等待一切都停下來》，著重的是「等待」。這首詩附有一個小注：「蓉子九月十一日返大陸探親，她在上海的親友卻未接到她。十七日晚接到她妹妹從廣州打來的長途電話，說蓉子尚未連絡上。已是一個星期了，尚未接獲她回到江蘇漣水老家的消息。這是我有生以來，最感到內心擔憂而不安的一次。」難怪羅門這樣寫道：

　　　　為了一個忽然失去的聲音
　　　　整個世界與我
　　　　一同跌進谷底
　　　　　　　靜下來
　　　　靠近電話機
　　　　天天在等待

並鄭重聲明：「為了等待　一切都停下來」，又重點指出：「其他的聲音　請暫不要進入／這條電話專用線」，至於原因，簡單而又充分：

　　我要接聽的
　　是三十多年來貼著我耳邊
　　　　從未中斷過的聲音

　　要是斷了
　　天地走不在一起
　　日月走不在一起
　　晝夜走不在一起
　　歲月該如何走呢
　　燈屋裡廿多盞燈
　　還能為誰照
　　　放出什麼光彩
　　　　亮給誰看

完全是直抒胸臆，感情色彩異乎尋常的濃烈，什麼技巧都沒用，語言樸實無華，一個警句也找不到，只憑真情實意打動人！

　　除了上述作品，羅門寫給蓉子的情詩還有：《小巴黎狂想曲》、《假期》、《曙光》、《日月湖海之歌》（實為四首詩的組詩）、《日月的行蹤》、《海誓山盟》、《給詩音樂與妳》等。究竟寫過多少首？目前尚無法統計。一九九五年四月，由林燿德策劃、文史哲出版社出版的羅門創作大系十卷本之卷五《素描與抒情詩》，就收入情詩十五首。在該卷前言中，羅門說「我的情詩系列，幾乎都是為女詩人——蓉子而寫，情形雖較特殊，但也是很自然的事；同時，這一系列詩，也可說是我畢生對她表示由衷的感激之情。」二〇一〇年六月，文史哲出版社出版了羅門《我的詩國》，其中收入了「我獻給『詩國』兩位恩人的詩作」：「一位是女詩人蓉子，同我共同艱苦創作近半世紀，給我關

懷最深；一位是樂聖貝多芬，我心靈的老管家。」給蓉子的詩也是十五首；給貝多芬的是長詩《第九日的底流》。

蓉子在一九八六年九月於大地出版社出版的詩集《這一站不到神話》（這是她的第九本詩集）的自序中提到：「愛情是古今中外詩吟詠不絕的題材，尤其在起步的青少年時代，多半是從情詩開始的。因為真純的愛會讓世界美好起來，生命活躍起來──它往往是催促吾人寫詩的動力，引渡吾輩進入詩壇的一朵蓮花。……雖然從來我就不是一個長於寫情詩的人，但經粗略的統計，情詩在我十本詩集中，還是以第一本詩集《青鳥集》所占百分比較高，約占全書五分之一強，其後就愈來愈少了。」

蓉子的散文也寫得相當好，一九八○年三月十一日的《愛書人》雜誌發表了她的散文《好的另一半》，就是專寫羅門的。

> 真的，我們兩個有完全不同的性情，由於「詩是至深性情的流露」，我們兩人的詩風也是迥然不同的。毫無疑問，他的詩充溢了陽剛的美，力的敲擊與豐繁的意象。我的則淡雲清風，大體上是比較「古典」和「陰柔」的──一些人對此現象嘖嘖稱奇，其實這是最自然最正常的。「有怎樣的性情就有怎樣的表現」，縱然親如夫婦，他們也不太可能有全然相同的面孔啊！
>
> 從一開始，我們就是詩風各異的，以後也必然循著各自對人生的了悟和努力不停地發展下去。雖然我倆性格不一樣，但對詩的喜好卻相同，且同樣有一份執著，只是羅門表現的比我更強烈些。
>
> 他強烈的性格不僅充分地表現在詩裡；也表現在生活上。記得有一天，寒流來襲，我們就關緊了門窗寫東西──避風避寒也避樓下臨時攤販的喧囂。正當我全神貫注在稿紙上，他突然大

吼一聲：「哇，今天天氣好冷哦！」聲調特別大，又充滿了情感，我正在想東西想得出神，冷不防給他突如其來的壯大聲音嚇了一跳。他就是這種率性而作的人，往往將他日常生活中的感覺感受作即刻傳達，也不管別人正在十萬火急地趕一篇文章或是患了感冒正頭痛得緊。

相反的，在每天的遭遇中，倘或我有什麼新鮮的感受要告訴他，就得先看看他是不是正在寫東西？如果他真的在寫作，特別是詩，你就千萬別招惹他——不知為什麼，在他寫詩的時候，他有一種令周圍的空氣都神聖化了的感覺，而不能侵犯的神聖，果然就成為天經地義的律例了。照理說我也寫詩；而且在認識他前就已經先認識詩了——已經出版了我的第一本詩集《青鳥集》，卻半點也享受不到這種在寫作時不受騷擾的權利。總是電話哪，門鈴哪，柴米油鹽哪，家人的喜怒哀樂哪……在在都影響自己的情緒，分散一個人創作時的專注力。……

文中還比較了二人的待人接物：羅門外向、熱情、有才華卻不耐寂寞，說話容或慷慨激昂，但對誰都一樣，一根腸子通到底，不會轉彎抹角。對他所喜歡做的事，像講詩、寫詩，做他自己的所謂「雕塑」，他可以不停工作十幾個小時而不會感到疲倦；可是對諸如趕公車，到區公所申請事務，他連半點耐心都沒有。蓉子自認缺乏羅門那種滔滔不絕聊天與雄辯的口才，與家庭主婦碰在一起，人家長篇大論，自己三言兩語，往往讓對方掃興。她不太喜歡去人多引人注意的熱鬧場所，認為鋼琴或小提琴演奏家等必須面對他（或她）的聽眾表演，作家們只需讓他們的作品面對讀者便夠了，他本人站不站在台上是無關宏旨的」。正是這種區別，蓉子希望搬到鄉野或山間去住，然

而她卻和大都市結下了不解之緣。因為羅門是一個擁抱現代都市文明的人，二十世紀的都市生活是他創作的靈感。

文末，蓉子寫道：

> 他是「朗照的太陽」，從不會對人冷漠；我是「微笑的雨」，從不會是傾盆的暴雨。雖然性情不同，但相同的是我們喜歡與人為善，從不拒人於千里之外，不會耍派頭，也從不以「老」賣老，因此有些十分年輕的朋友才會直呼我們的名字，通信時更直稱「親愛的羅門、蓉子」哩！

讀罷這樣的散文，誰能不承認它不是詩卻勝似詩呢？羅門和蓉子是將愛與詩結合得最好的一對文學伉儷。

一九六六年十二月，羅門和蓉子被UPLI譽為「中國傑出文學伉儷」，獲頒菲律賓總統馬可仕金牌獎。

一九七四年六月，羅門和蓉子獲印度「世界詩學會」頒發的「東亞傑出的中國勃朗寧夫婦」的榮譽獎狀。

五　從「燈屋」走向「詩國」

設在海港裡的燈塔，是引領海上歸航的船隻進港的。一九五五年四月十四那一天，當羅門和蓉子去那座古老教堂舉行婚禮之時，羅門看見了教堂十字尖頂放出的強光，立即聯想到他和蓉子也像是朝著「燈塔」開進平安港的一隻帆船。為了紀念這難忘的時刻，他後來便在家裡特別製作了一座形如燈塔的燈。這座燈，從地板直達天花板，是用許多鋸好的木條，釘成一具有層次美的兩段方形木柱，再將一輪圓大的籐椅，高舉到柱頂，然後在圓椅上裝置幾盞亮如星朵的燈而成，足足花了他一天的時間。當這座形如燈塔的巨燈在夜裡放光，羅

門和蓉子的住屋便開始叫「燈屋」了。此後,無論他倆搬過多少次家,它都一直跟隨著,恰似一座象徵性的燈塔,照耀著他們生活的航程。

這座燈的表率作用不容忽視,它促使羅門將屋裡所有的燈都加以改造,像它一樣具有裝置藝術(Installation)的美感。如:新加坡詩人王潤華夫婦早年從美國帶回贈給他們的一盞相當好看的燈,讓羅門整形,去掉了匠氣,融入了「集體」。有一盞大燈,他嫌過於普通,便找來近十捆粗草繩做材料,先用一兩捆疊成較寬的燈座,再用約四倍於燈座的草繩疊成圓柱,柱子和座基間安置籐凳一個,燈柱上端裝上燈與燈罩,頓時顯得別致起來……與此同時,壁間不少的現代畫以及家中的家具與用品,也經過了藝術性的處理與安排,使得「燈屋」成了具有藝術色彩的立體生活空間。尤其是頂樓,羅門採用包浩斯觀念,以繪畫、雕塑與建築等三種視覺藝術功能所架構的整個具體的美感空間,不但具有現代藝術創作的形態,也是一首可用眼睛來看的視覺詩。

說來讀者可能不信,羅門寫詩,有時還會扮演木工、電工、水泥工、油漆工,甚至鐵工那種辛苦的工作角色。因為自己動手,可以省錢;同時,物自己出,既有感情也印象深刻。羅門常沉迷於這種「美」的行動與工作,有時連自己也不敢相信。他曾從早到晚進行整個「燈屋」的油漆工作,忙了一天,不覺得累;再早些時候,他曾為了省兩萬元,自己花三千多元買木材等材料,一天內架起一個頂棚;也曾為修補與防範風雨,提一桶桶水泥爬屋頂,在大太陽下整整工作好幾個小時。

關於「燈屋」的趣話相當多。有一天下大夜班,羅門看到油公司丟棄一堆破濾油管,便選了一部分搬回家。到家卻不休息,匆忙上樓,拿出剪刀、鉗子與鋼鋸開始工作。他先將濾油管的鐵絲與膠皮剪

去，然後用鋼鋸按尺寸來鋸……一種奇異的吸力，使他忘掉上大夜班的疲累，一不小心把手鋸破了，血流如注，嚇得蓉子成了手忙腳亂的外傷醫生。但當這盞燈造成之後，羅門一面望著它美的造型，一面想起一位雕塑家利用機械力完成的一件作品，因覺得太冷，好像自己不在裡邊，便用手將作品的頂端劈掉，讓血流進作品，方才感到滿意。這麼一想，羅門頓時感覺到這盞燈多了一層意味，因為它流動的光彩中滲入了自己的血，不由得不珍貴起來。

有一次，一個鄉下老人挑著一擔沉重的紅泥花盆，汗流浹背地停在羅門家門前休息。羅門見那老人一副很苦的樣子，心想也不知道要叫賣多久，才能將這些花盆銷完。出於深切的同情，他將整整一擔都買了下來。再花了一些工夫，將大小不同的花盆疊成了一座磚紅色的燈——最原始也最新鮮的燈。又有一次，在中華路的一家店裡，羅門看到一些尚未完成的蒸籠圓框，便大大小小買了幾個，不料遇到機關同事，正好羅門剛退休下來，那同事很認真地說：「詩人，你改行開麵館啦？我來入股。」羅門笑著回答：「我才不開麵館哩！這些蒸籠是拿來做燈的，要蒸的不是包子、餃子，而是一籠籠好看的燈光。」後來這盞由蒸籠造的螺旋型的燈，的確是「燈屋」非常奪目的一盞燈。每逢客人到來，最先上的不是茶，而是一盤盤剛出籠的燈光。

幾乎是第一次來「燈屋」的人都會問羅門：「政府提倡節約能源，你『燈屋』裝那麼多燈，豈不是浪費電嗎？」羅門解釋道：「不會的，因為這些燈多採低光度，而且大多是招待客人的眼睛的。平時並不全開；除非我不寫作、不看書、不做別的事，想單獨與整個『燈屋』坐在光裡聽音樂與享受生命，才會把所有的燈打開。」

也有人問羅門：「你怎麼會想到用廢棄物做那麼多燈？你的動機和構想是如何產生的？」羅門回答：「藝術能將任何東西轉化為『美』的存在。我們之所以覺得某物好看，是因為它的形象好看；而

潛藏在我們視覺中的那許許多多『美』的形象是無限的，只要我們能以藝術的力量去溶化它們，進入整體性存在的『美』的結構與形態之中，便能成為好看的藝術品。『燈屋』便是由許多不同的燈與其他物象的『美』的造型所組合而成的。當我要求『外在』與『內在』的生活空間都一樣呈現『美』時，創造『燈屋』的動機與構想便自然產生了。」

更有人（多是內行的藝術家與詩人）進一步問羅門：「你製造那麼多不同造型的燈中，有沒有象徵性的精神意義？」羅門說：「這個問題問到了燈的心裡。這些燈都有它們的象徵意義，但要每一盞都說比較費事。大體上，可以歸納出兩種最基本的象徵意義：一是不斷以直線向頂端伸展的『直展型』，它是象徵人類不斷向上突破與超升的『尼采式』的精神狀態；一是以圓形不斷向上下迴旋的『螺旋型』，它象徵著人類心靈不斷向深遠與奧秘世界探索的精神狀態。若用詩來說出這兩種造型在心與燈中所觀照的情景，那可能是這樣的：『光以直線帶著眸子到天頂去看尼采超越的心；光以「圓」抱著眸子，一同去看王維圓渾的詩。』」

隨著時間的推移，造型不同的燈愈來愈多，「燈屋」的影響愈來愈大，到一九九五年四月，「燈屋」已兩度上電視，臺灣所有的報紙幾乎都有過報導，至少有三十種以上的雜誌（包括臺灣所有著名的大型生活雜誌）發表過特別專訪和報導、文章。尤其是歷史最久、以報導家庭裝潢著稱的大型雜誌《摩登家庭》，曾拍「燈屋」做封面，並以不少篇幅予以圖文介紹。登載房屋資訊的雜誌《房屋情報》，也曾在封面頁以圖文做大幅的報導；大型設計雜誌《新潮》、巨型生活雜誌《第一家庭》等也以相當的規格與較大的版面對「燈屋」做了介紹……使得「燈屋」名聲四起，並富於傳奇性。一些愛好文藝的青年慕名來「燈屋」請教、談詩，不少學者、教授，知名詩人、作家、畫

家、音樂家、雕刻家、評論家、導演來「燈屋」交流、切磋，甚至有進入世界美術史的西方眼鏡蛇畫派畫家歌賀內依（Corneille V. B）、法國著名藝術家與詩人隆貝荷（J. C. Lambert），以及來臺北市立美術館展覽的瑞士畫家都曾到過「燈屋」，又給「燈屋」增添了現代光采。

一九九八年十月五日，臺北大道藝術館開館，首次推出了「燈屋」特展，除攝影剪貼外，還製作了羅門、蓉子創作書牆，陳列他倆贈給該館的數十本個人著作。展示牌上赫然標出以下文字：

> 羅門與蓉子住的地方──燈屋
>
> 燈屋誕生於一1955年4月4日下午4時，至今還活著……燈屋是上帝給詩人羅門與蓉子夫婦在人間的通行證與信用卡，現址位於泰順街……
>
> 「裝置藝術」八十年代被引進臺灣，九十年代大行其道，但是您有機會進入燈屋的話，您將發現──原來臺灣裝置藝術的始祖就是……原來最前衛的藝術比起燈屋均成了後衛……環保署的設立比起它還晚了四十年……環境藝術的第一殿堂就在這裡……而燈屋的主人，藝能不亞於當下世上任何一位大師，他就是羅門。

二〇〇〇年二月十一日至三月二日，由國立文化資產保存研究中心特別策劃，在國立臺灣文學館，為羅門、蓉子舉辦了詩與燈屋特展，命名為「詩光、藝光、燈光三重奏」。展出內容共分三部分：

一、文學作品與相關史料。有羅門、蓉子二人近半世紀來在「燈屋」所創作的詩集、詩選集、論文集，他們詩作所刊登的各類雜誌、學界評論其夫婦詩作的論文集，以及散文選、重要的藝文資料、照片、手稿等，約一千餘件。

二、燈的藝術造型及製作。有具體燈具，「燈屋」相片製作。配

合其空間藝術觀念，建構高層疊感的藝術實體環境。

三、展場佈置。特邀請前衛藝術家張永村，用拼湊藝術與環境藝術，將前兩項內容經過設計組合，規劃成一整體的造型藝術作品，呈現文學與藝術的交融趣味與意涵。

以上兩次特展，都觀者如雲，好評如潮，引起了轟動。

二〇〇八年四月十四日，羅門、蓉子詩的「圖象燈屋」在海南省海口市落成，同樣獲得了強烈的反響與好評。

羅門在寫詩的同時，也從事詩的理論研究。他是以「詩人」——詩的創作者而非學者的身分來寫詩論的，發表了許多詩與藝術的論文，出版了《現代人的悲劇精神與現代詩人》（1964）、《心靈訪問記》（1969）、《時空的回聲》（1982）、《長期受著審判的人》（1999）等專著。其中，關於悲劇精神的思想、關於「第三自然螺旋型架構」的理念、關於詩創作的現代感等，都具有原創性與獨特性；但稱得上前所未有、徹頭徹尾原創的，則是他關於「詩國」的觀念與構想。

> 企望在地球上作的一首詩（Poetry 非 Poem）
> 詩名是《我的詩國》，這一創作構想與觀念，始於2000年，看來是意圖對「人與世界」「詩與藝術」的終極存在，在找一個「美」的著落點。
> 這是我創作半世紀所提出的一個「觀念」；「觀念」它的本身就已是一個「存在」。
> 若能具體的將之建構，則「觀念」便成為可見的存在實體。
> 這觀念於2000年開始構想，初稿於2004年10月8日在菲華商報副刊發表；經增修正式在《掌門》詩刊2004年11月38期公佈；特別感到慶慰與動心的，是我來到這個世界，透過「詩與藝術」終於找到自我存在的座標與理想位置。

　　這是羅門為《我的詩國》（My Poetrepublic）寫的「引言」，它道出了「詩國」的淵源與成型。

　　實際上，「詩國」是「燈屋」的擴大、開拓與提升，是羅門創造的兼具外在與心靈兩個層面的藝文「地球」。請看羅門擬定的《「羅門詩國」訪談錄》中談到的「詩國」內部的主要構成：

（一）要進到「詩國」，「燈屋」是虛擬的航站、碼頭，航向自由開放的無限空間；又有三條「虛擬」的高速連接航道：

　　　（1）音樂家的聽道。

　　　（2）畫家、雕塑家、舞蹈家的視道。

　　　（3）詩人的心道。

（二）「詩國」建築物周邊，有展列我詩意造型藝術品的開放空間；建築物的兩扇大門，帶有「羅」與「門」兩字造型的象徵意涵；門打開，是一大塊有藝術造型的看板，寫有我《門的聯想》那一首詩……（從略）

（三）進入「詩國」園區，裝設有120座具有藝術造型美、發出亮光的照明燈柱，在照明著生命存在的空間與動向，每一燈柱，都寫有一則由詩思與哲思所寫的具啟示性的詩話。

（四）「詩國」有三大層展示空間

　　第一層：「詩國」建構基地──「第三自然螺旋型架構世界」展示空間：它也是詩國的瞭望塔。……（從略）

　　第二層：「燈屋」與「圖像燈屋」展示空間──展示兩座燈屋所有精要的圖像文字資料。……（從略）

　　第三層：羅門蓉子藝文創作陳列館。……（從略）

（五）「詩國」的中心指標與宣示：以我1997年參加101國家在

美國華盛頓DC舉行的國際文學會議，所寫近五千字的論
文《詩在人類世界中的永恆價值》定調。

（六）「詩國」採用我在《新觀念》大型文化雜誌寫的詩作〔詩
與藝術世界的超絕之愛〕，做為贊頌詩。

（七）《詩國訪問記》，由「詩神」特使訪問有關詩與藝術以及
人類面對存在的重大價值意義等具有挑戰性的問題，約定
12個問題，由此也可以有助於多一些了解「詩國」的相關
情境意涵及其施放的生命思想能量與動力。

（八）是令我感懷的部分：那是在幫助與激勵我能構想建造「詩
國」的兩位恩人：……女詩人蓉子，……樂聖貝多芬……
（從略）

從以上大致說明「詩國」這件藝術品較主要的構成部分，似可對
它做出一簡明的結論：

「詩國」是意圖以「詩（Poetry）」非「詩（Poem）」與其他藝
術多元向度的「美」以及所有能相互動的有關事物，在「第三
自然」它「美」的焚化爐中，溶化渾和成一具體可見的「視覺
詩」藝術作品──

（1）它存在的象徵意義就是以「美」來造一個美的另類「理
想國」，企望人與世界活在詩（Poetry）與藝術的美中。

（2）同時它也正是意圖以「詩（Poetry）」具體展現我觀視人
與世界以及宇宙萬物活動在詩美中的「第三自然螺旋型
架構世界」：其實這世界與「詩國」是一體存在的兩面，
都由「詩（Poetry）」的「美」來主導。

（3）「詩國」整件作品是採取具通觀通連與通化力的後現代
多元組合藝術（Assemblage Art）觀念來構成。

就這樣，羅門從他的「燈屋」走向了「詩國」。他將自己已出版的十七本詩集、八本論文集、一本散文精選、十卷《羅門創作大系》、八冊《羅門、蓉子文學創作系列》、十種《羅門、蓉子論》，也將蓉子已出版的十五本詩集、一本論文集、二本散文集、一本兒童詩集、一本童話翻譯（此外尚有近期出版社四本詩集，當時未及放入），以及二人創作逾半世紀相關的藝文資料放入「詩國」。

羅門還多次撰寫並在報刊上發表了諸如《我的詩國》、《詩國訪談錄》、《詩國的中心指標與宣言》、《詩國詩話語錄》、《詩國訪問記》等文章，並利用到大學演講（2004年有北京清華大學、臺灣大學，2005年有海南大學、臺北市立師範學院，2006年有北京大學、北京師範大學、佛光大學，2008年有瓊州大學）、參加研討會等活動（2004年《創世紀》「現代詩研討會」，2006年北京「新世紀中國新詩學術研討會」、北京師大「中國詩歌高端論壇」，2007年中國現代文學館「現代文人墨緣展」，2008年海南「羅門、蓉子作品及創作活動周圖片展」、海大新圖書館廣場碑刻「羅門、蓉子詩園與東亞勃朗寧夫婦」揭幕式、「詩的圖像燈屋」在海口落成、羅門一百多行的自然詩《觀海》在海南甲級觀光區的碑刻落成）、接受新聞媒體採訪（2004年至2008年，先後有《CONDE【當代設計】》巨型雜誌、《世華文學家》CD光碟、臺灣文學館拍攝他與蓉子的創作經歷片、《掌門詩刊》、《海南日報》、《乾坤詩刊》、中國新聞社海南分社、《世界日報》、交通大學網站），以及來往於海峽兩岸的機會，反覆、熱情地宣傳「詩國」。

二○○九年四月十四日羅門、蓉子結婚五十四周年，海南省圖書館響應海南省政府關於打造「海南國際旅遊島」的號召，舉辦了「羅門、蓉子創作半世紀成果長」。

二○一○年六月十九日至二十日，由海南省作家協會、海南師範大學聯合舉辦的「羅門、蓉子六十年詩歌創作研討會」召開，羅門

《我的詩國》成為中心議題。

二〇一〇年六月,羅門著《我的詩國》在臺北文史哲出版社出版。同年十二月,《我的詩國》增訂再版,由初版一冊增至上、下二巨冊,頁碼則從二六九頁加到九二九頁。

「詩國」體現了羅門的全球意識與濟世之心,是他以詩來拯救人類的主張與藍圖。他曾被稱為「戰爭詩的巨擘」、「都市詩的宗師」、「現代主義的急先鋒」、「現代詩的守護神」、「臺灣當代十大詩人之一」,甚至是臺灣詩壇的五大或三大支柱……但是羅門認為,這一切都比不上實現「詩國」這件全力為「美」工作的藝術作品來得重要。因為它是羅門半世紀創作生命世界的全面觀以及總體與終極的具體呈現,甚至可以說是他羅門來到這個世界上主要要做的工作。他寄望於有人文思想與財力的有識之士,贊助他實現這個理想;「若在最後不能使之實現,那也只好讓這一或許是空前與最先提出的一個具有世界觀、時空觀與永恆觀的詩與藝術的特殊創作觀念與意圖,遺留在我曾生存過的人世與地球上。」這已經不是豪邁,而是悲壯了。

世人們,讓我們都來關心羅門和他的「詩國」吧!

追索「前進中的永恆」
——論羅門的詩歌藝術

　　「永恆」，恐怕是所有的詞典中最絢麗，也是最神秘的一個詞。人的偉大就在於他是唯一為永恆而造的生命，他渴望永恆，並追索永恆；人的渺小也在於此，因為他難免一死，渴望的得不到，追索的總落空。偉大與渺小，構成了人的悖論。「永恆」，既是人的夢想，人的宗教，更是人的詩。

　　羅門的幾首得意之作，都標有「永恆」的字樣。如〈第九日的底流〉，詩前小序如是說：「不安似海的貝多芬伴第九交響樂長眠地下，我在地上張目活著，除了這種顫慄性的美，還有什麼能到永恆那裡去。」〈曠野〉，詩前的題詞：「以原本的遼闊，守望到最後，凡是完美的，都將被它望入永恆」。《麥堅利堡》詩中，有「永恆無聲」的句子；《觀海》的最後一行，是「你便飄得比永恆還遠」……最短的詩《天地線是宇宙最後的一根弦》，因字數少無法容納，詩人將「永恆的回聲」安置在後設的「附語」中。長詩《大峽谷奏鳴曲》，更明確地寫道：「只要跟著地球轉／無數變化的圓面／便在時空的縱向與橫向裡／旋成停不下來的螺旋塔／所有的眼睛都在塔上／看前進中的永恆／往哪裡走」……

　　追索「前進中的永恆」，便是被人稱為「重量級詩人」、現代詩的守護神」、「知性派的思想型詩人」的羅門的詩歌藝術。

一

什麼是「前進中的永恆」？請看羅門下面的這段話：

> 詩與藝術幫助我們超越「第一自然（田園）」與「第二自然
> （都市）」兩大現實生存空間，進而去建立內心無限地轉化與
> 昇華的「第三自然」空間，使我們不但能看見陶淵明悠然的
> 「南山」與王維的「山色有無中」的境界，也能看見「現代主
> 義」與「後現代主義」……等種種主義如何將暫時性的「主
> 義」，在其中溶解且繼續向前升越與演化進入「螺旋型」的存
> 在與變化的生命架構；而發現在詩與藝術所展開的內心「第三
> 自然」空間裡，「現代」兩字的時空觀念，已是一「前進中的
> 永恆」時刻，而非被鐘錶齒輪與「高速」工業文明切割下連接
> 不起來的時間碎片。——《內在世界的燈柱》

由以上所說的，可見「第三自然螺旋型架構」在現代急速的「存
在與變化」所造成不斷的遺棄中，以及在習慣信仰上帝「永恆」世界
的固有模式中，它透過不斷超越與昇華的創作生命，確已發現與重認
到另一種「永恆」存在的型態，它便是我所謂的「前進中的永恆」所
形成的在歲月與時空中那種永遠不死的超越的存在，於存在與變化
中，所不斷展現的永恆感。像那許多不斷在歷史中重現的偉大人物的
生命形態，他們偉大的創作精神已進入湯恩比所認為的「助使人類尋
找到宇宙之中、之後、之外的超越的真實」之具有永恆感的存在。當
然，這同教徒心目中所始終信仰的不變的「永恆」雖相似，但不完全
相同。所以，我們站在「第三自然螺旋型架構」上，可以說：「詩人
與藝術家創造了人類心靈的另一個令人嚮往的永恆的世界，同上帝永

恆的天國，門當戶對。」——《「第三自然螺旋型架構」的創作理念》

註：本文中一再提到的「美」這個字，它指的不只是外在表象的美，而更是所有藝術家與詩人特別追求的內在精神、思想與觀念之「美」；也不只是快樂、幸福、理想與希望……等是「美」的，就是痛苦、悲劇乃至虛無與絕望……等在生存過程中所難免遭遇到的生命情境，在詩與藝術中也能轉化呈現出莊嚴甚至震撼性的「美」的存在。——《詩與藝術真那麼重要嗎？ 它帶給人類真正永恆的財富：「美」》』。

「永恆」而加上「前進中的」定語，可知它同教徒們信仰的不變的「永恆」雖相似，但不完全相同。它是「於存在與變化中，所不斷展現的永恆感」；是詩與藝術在人類心靈中，創造的一種永遠不死的超越的存在」；是淡化時空、忘記生死的美。

羅門曾經引用唐代詩人柳宗元的詩〈江雪〉，來加以說明。他指出：柳宗元在千年前寫「獨釣寒江雪」，是在看得見有江有雪的景物來寫出人存在於荒寒中的孤寂感，表現心靈在超越存在中的覺悟之境。其中的「雪」，既不是「第一自然」山頂上的雪，也不是「第二自然」電冰箱裡的雪，而是冰結在內心「第三自然」中已一千多年，永遠化不掉的雪。由於它不斷激起並將繼續激起不同時代不同讀者的「人存在於荒寒中的孤寂感」，它便超越時空，成為「前進中的永恆」。

羅門寫於一九八六年的〈飛在雲上三萬呎高空讀詩看書〉，也是一個典型的例子。

　　世界只留下
　　最後一塊版面
　　給日月星辰排用

其他的都暗入雲山

雲下，只有煙囪與炮管；雲上，茫茫一片，「而太空船又能運回
／多少天空／多少渺茫」羅門是在不見江河不見地上景物的高空，來
寫人存在於時空中的荒寒與孤寂感的：

在沒有終點站的渾沌裡
問時間　春夏秋冬都在睡
問空間　東南西北都不在
整個世界空在那裡

羅門的這一「飛」，既不是「第一自然」鳥之飛，也不完全是
「第二自然」飛機之飛，而是「第三自然」人的心靈之飛；看不到起
點，也看不到終點，呈現在讀者面前的只是一個過程。人的本質不正
是這樣嗎？不知從何處來，也不知向何處去，生命體現為一個運動的
過程。「日月之行，若出其中。星漢燦爛，若出其裡。」輝煌在過
程，意義也在過程。這一「飛」，因而飛成「前進中的永恆」。

二

正是出於對「前進中的永恆」的追索，使羅門的選材有別於其他
的詩人。他既不同於「以詩經文學的節制為標準，採取新古典主義的
回歸精神，並佐以楚辭文學的自由和奔放」的楊牧；也迥異於將周圍
平實的事物入詩，擅於渲染氣氛，藉時間的片刻與空間的一點，勾勒
出意象鮮明的詩境的鄭愁予；與余光中比較，他缺少對方的那份華貴
瀟灑的學者氣質，卻多了一股放浪不羈的狂野激情；與洛夫對照，人
家陶醉於與自然的對話，求天人合一，他則正面闖入都市，直探都市

人的心靈病灶……從大處著眼的宇宙意識，從當下出發的批判精神，可以說是羅門在詩的選材上的兩大特點。

先談宇宙意識。如：〈隱形的椅子〉、〈長在「後現代」背後的一顆黑痣〉、〈全人類都在流浪〉、〈天地線是宇宙最後的一根弦〉、〈太陽背上光的十字架〉等，光看詩題就大得可以，再看詩句：「落葉是被風坐去的那張椅子／流水是被荒野坐去的那張椅子／鳥與雲是放在天空裡／很遠的那張椅子」；「在英雄與命運交響樂中／尼采沿著地球的直軸／向天頂爬昇／圖以自己的心　對換宇宙的心／同永恆簽約」；「人在火車裡走／火車在地球裡走／地球在太空裡走／太空在茫茫裡走」……更是大得驚人。大視野，大場景，給人以大興奮、大感受，但離不開小，有的詩只有大沒有小，似缺少了襯托。

再談批判精神。如〈都市之死〉、〈都市你要哪裡去〉、〈世紀末病在都市裡〉、〈都市的落幕式〉、〈都市心電圖〉等，這些詩皆緊扣現代大都市的脈搏，著力表現「當下」、「此刻」的情狀與變化，重心在於拷問與批判。「如行車抓住馬路急馳／人們抓住自己的影子急行／在來不及看的變動裡看／在來不及想的迴旋理想／在來不及死的時刻裡死」，這是速度，是都市機械化、非人化的外部徵象；「神看得見，／都市！你一直往「她」那裡去。如果說戰場抱住炸彈，／都市！你便抱住「她」——肉彈。」這是性欲，是人的靈魂與道德墮落的內部徵象。「都市你一身都是病／氣喘在克勞酸裡／癱瘓在電梯上／痙攣在電療院裡／於癲狂症發作的周末／只有床忍受得了你」，羅門對準都市的病態，射出了一排排密集的子彈……近距離，短平快，給人以強刺激、強震撼。但近離不開遠，有的詩只有近沒遠，似少了間隔。

選材決定了主題，羅門在詩中表現得最多也表現得最成功的，有以下五個主題：

一、自由。主要體現在時空詩中。如〈窗〉。「猛力一推　雙手如

流／總是千山萬水／總是回不來的眼睛」，望向無限的時空，追求最大的自由。然而，事與願違：「猛力一推　竟被反鎖在走不出去／的透明裡」，透明反而成為新的牢籠。不自由無所不在，求自由更加執著。這首詩，使我們很自然地想到唐代詩人陳子昂的〈登幽州台歌〉，與英國當代名詩人拉肯的「前面沒有東西　腳跨過去　後邊的門　砰然關上」等詩句，三者都是「前進中的永恆」。

二、困境。主要體現在死亡詩中。羅門在〈人類存在的四大困境〉一文中，提及「愛欲引起的困境」、「回歸純我引起的困境」、「戰爭引起的困境」、「死亡所引起的困境」四種，而將第四種困境稱為「使人類精神更顯示其偉大性的困境」，可見其對寫死亡的熱衷與重視。長詩〈死亡之塔〉，對此做了深入與多向性的判視。「打穀場將成熟的穀物打盡／死亡是那架不磨也利得發亮的收割機／誰也不知自己屬於哪一季」；「朋友　在入晚的廊柱下／你眼睛的紡車被夜卸下搖把紡不出視線／坐姿便棄椅而去　燈也死在罩裡」；「當永久的假期寫在碑石上／你是那隻跌碎的錶　被時間永遠地解雇了」；「當棺木鐵鏈與長釘擠入一個淒然的音響／天國朝下　一條斷繩在絕崖上」……意象華美、詭譎，難怪里爾克說：「死亡是生命的成熟」，羅門也說：「生命最大的回聲，是碰上死亡才響的的」。以死激發生，呈現困境目的是要打破困境。

三、異化。主要體現在都市詩中。這與詩人的認知有關，在〈內在世界的燈柱〉一文中，羅門就這樣寫道：「我們當中的大多數人，已日漸成為追逐物質文明與吞吃機械成品的人獸，而且在受傷中嘶喊。」「在都市，人不停的打電動玩具；電動玩具也把人當做肉動玩具來打。」所以，BB型單身女秘書「她對鏡／塗一下玫瑰色口紅／忽然發覺自己／也是一種貨色／玫瑰色的／準時交貨」；老處女型企業家「帶著笑聲回房／脫下名貴的浪琴錶／時間忽然靜下來／浪無聲

／琴也無聲／熄燈後／只有那襲綢質透明睡衣／抱住一個越來越冷感的夜」……，人異化為物，都市的生活空間出現了危機

四、兩難。主要體現在戰爭詩中，如〈麥堅利堡〉，揭示了偉大與死亡、肯定與否定、神聖與茫然的兩難狀態。「戰爭坐在這裡哭誰／它的笑聲　曾使七萬個靈魂陷落在比睡眠還深的地帶」；「血已把偉大的紀念沖洗了出來／戰爭都哭了　偉大它為什麼不笑」；「麥堅利堡是浪花已塑成碑林的陸上太平洋／一幅悲天泣地的大浮雕　掛入死亡最黑的背景」……場面觸目驚心，矛盾十分尖銳。正如羅門在詩後註解中所云：「戰爭是人類生命與文化數千年來所面對的一個含有偉大悲劇性的主題。在戰爭中，人類往往必須以一隻手握住『勝利』、『光榮』、『偉大』與『神聖』，以另一隻手去握住滿掌的血，這確是使上帝既無法編導也不忍心去看的一幕悲劇。可是為了自由、真理、正義與生存，人類又往往不能不去勇敢的接受戰爭。當戰爭來時，在炸彈爆炸的半徑裡，管你是穿軍服便服童裝吐乳裝乃至神父的聖袍都必須同樣的成為炸彈發怒的對象；可是戰爭過後，當我們抓住敵人俘虜，卻又不忍心殺他；的確透過人類高度的智慧與深入的良知，我們確實感知到戰爭已是構成人類生存困境中，較重大的一個困境，因為它處在「血」與「偉大」的對視中，它的副產品是冷漠且恐怖的「死亡」。

五、救贖。主要體現在藝術詩中。如〈第九日的底流〉，就是一首關於藝術的長詩。當貝多芬的《第九交響樂》莊嚴地奏響，詩人寫道：「你步返　踩動唱盤裡不死的年輪／我便跟隨你成為迴旋的春日／在那一林一林的泉聲中」，羅門正視人類的悲劇，但更確信藝術的力量能夠戰勝這悲劇，救贖扭曲的靈魂，糾正人性的異化，安撫存在的痛苦。死亡的威脅與藝術的超越同時存在，並構成了相反的兩極，生命便在這矛盾對立中沉淨為海底的潛流，充分體視那「渾圓與單

純」的美。這種美,在羅門的第一首詩〈螺旋形之戀〉中,作如是解:「它只是一種無阻地旋進去的方向／一種屬於小提琴與鋼琴的道路／一種用眼睛也排不完的遠方／一種醒中的全睡　睡中的全醒／一種等於上帝又甚於上帝的存在」而在〈從我「第三自然然世界」看詩的終極價值〉一文中,羅門認為:「詩與藝術創造的『美』是構成上帝生命實質的東西。」「在人類存在的世界裡,面對高科技與物質文明勢必更為強勢的二十一世紀,詩與藝術,更應被視為建構人類理想與優美的新人文生活空間的主要且絕對的巨大力量。」正因為如此,羅門將詩與藝術當作自己的宗教、自己的信仰,為詩與藝術奉獻了一切,其狂熱與執著不能不使人由衷感佩。

三

　　也是出於對「前進中的永恆」的追索,使羅門的藝術手法不拘一格。

　　一九九五年十二月,在北京召開「羅門、蓉子創作世界學術研討會暨《羅門、蓉子文學創作系列》推介禮」期間,羅門在接受北京大學研究生陳旭光的訪問時說:「我覺得一個詩人應該有打破一切條條框框去吸取一切能為他所用的東西的勇氣和氣魄,因此,我不在乎現代還是後現代,我只希望自己站在生存的真實時空裡,用畢加索三六○度的掃描鏡,把古今中外都當作材料,無論東西方,只要對詩有用,都是我的資源。」這正是一個傑出的現代詩人應該具備的不帶偏見、宏闊開放的藝術胸襟,廣泛借鑒、壯大自己的吸收能力,不斷開拓、銳意求新的創造精神。

　　具體說來,羅門正確處理了以下三組關係:

（一） 後現代與現代的關係

　　羅門的做法是，既解構，又重建。解構是針對一切存在，且全面徹底：打通古、今、中、外的時空範疇，打通「田園」、「都市」與「太空」的生存時空環境，打通科技與人文空間的雙向交流，一切材質為我所用，一切流派供我所需；採取「拼湊」與「組合」的手段，構成多維度、多向度、多元性的藝術品；加強各部分的聯繫，在「環境藝術」的互動中，保持有機的整體性。這些，無疑都是後現代的特點。重建則是在此基礎上的整合，主動而又科學：克服斷裂的亂象與價值錯位，從多頭確立中心，將無序變為有序，張揚主體精神，追求有深度與崇高感的生命思想情境，即詩人經常提到的「有可見的提昇力與向上發展的『美』」。這些，自然都是現代的特點，後現代與現代的結合，使陳旭光不由得發出驚嘆：「我覺得，面對您的博大深沉的詩歌藝術世界，理論、術語將不能不表現出蒼白和貧弱，難免給人以削足適履之感。」

　　如：〈大峽谷奏鳴曲〉，寫「詩與藝術守望的世界」。一開篇就是解構：

> 　　　千萬座深淵在這裡沉落
> 　　　　　無數向下的→→→
> 　　　　　　　追著死亡
> 　　所有的石屋解體在石壁上
> 　　　都找不到原來的建築圖

接著，是拼湊：

> 　　至於

惠特曼有沒有

　　駕著西部的蓬連來過

柳宗元有沒有

　　把寒江釣到這裡來

從不說話的蠻荒與孤寂

　　　　都不知道

天空也沒有人管

鳥帶著山水飛來

飛機帶著都市飛去

你是牽著鳥翅與機翅在飛的

　　　　那條線

　　在這裡，古、今、中、外都被打通了，田園、都市與太空的界限消失了，科技與人文也融合在一起，緊接著，是三條線的組合：

飛到接近太陽出來的東方

另一條線

接著從萬里長城

　　　揮出來

帶著大自然的風景與

　　　起伏的歷史

　　　　滿天飛

飛到鳥翅與機翅

　　都飛不過去

另一條線

便從茫茫的天地間

　　　飄出來

　　　　閒在那裡

　「這三條線　握在你手中」，真是不可思議的奇妙的組合，堪稱天地錯位，多維度、多向度、多元性！

　就在此刻，重建開始了：

　　看天空與曠野寫下合同
　　你將無數剛柔的
　　　　　疊層與色面
　　建架入絢麗雄偉的型構
　　水墨流過
　　便是東方的山水畫
　　幾何圖形進來
　　便是西方的立體造型
　　如果流過谷底的科羅拉多河
　　　　　　　是弦線
　　裝在二胡與小提琴上
　　　都一樣拉出最原始的
　　　　　　音色
　　　　　　音階
　　　　　　與回響
　　世界便好看好聽的
　　　拉在一起了

　無序變為有序，主體精神得到了強化，避免了斷裂的亂象與價值錯位。正是詩這種「畫面與結構重新整合」（原文為「組合」，筆者改了一個字）的努力，從而使詩思導向有深度與崇高感的生命思想情

境：

> 沿著深度走下去
> 順著高度走上來
> 大峽谷你垂直的視線
> 同地球的軸直在一起
> 下端碰到地
> 上端頂著天
> 只要跟著地球轉
> 無數變化的圓面
> 便在時空的縱向與橫向裡
> 旋成停不下來的螺旋塔
> 所有的眼睛都在塔上
> > 看前進中的永恆
> > > 往哪裡走

這就是「明麗」，這就是「美」！稍感不足的是，長詩的後半部意象較為疏朗，密度欠缺，多少影響了作品的張力。

（二） 西方與東方的關係

羅門的選擇是，西方的知性，東方的靈視。前者，指詩人面對世界，要進行一種基於思索性的沉思默想，透過想像與意象的感知力量，在詩中追蹤那具超越性的思想。後者，強調詩人必須用心靈去追索與探視世界，用直觀的、通觀的與統化的方式，把所有存在的事物與思想意識都全部交感、轉化、昇華為無限的生命。按照筆者的理解，用一種比賽通俗的說法，知性就是認知，就是詩想，是經過思考與判斷的生命體驗；靈視包括感性、直覺與悟性，從可見之域聯繫並

發掘出不可見之域,將封閉引向開放,以有限溝通無限。知性與靈視的結合,使羅門的詩盡得西方詩藝與東方詩藝之妙。

如:〈傘〉,寫都市對人的異化:

他靠著公寓的窗口
看雨中的傘
　走成一個個
　孤獨的世界
想起一大群人
每天從人潮滾滾的
　　公車與地下道
　　裏住自己躲回家
　　　把門關上

忽然間
公寓裡所有的住屋
　全都往雨裡跑
　　　直喊自己
　　　也是傘

他愣然站住
把自己緊緊捏成傘把
　而只有天空是傘
　　雨在傘裡落
　　傘外無雨

羅門為此詩加註。第一節:「現實的」,「記憶的」;第二節:「超

現實的」；第三節：「禪悟的」。「現實的」與「記憶的」，都是可見
的；「超現實的」與「禪悟的」都是不可見的，經過靈視而成為可見
的。視境由小到大，人與屋從正常到反常。詩的穿透力，在於詩人的
獨特認知——都市與人對立，都市將人物化（亦即異化），通過非凡
的想像（住屋是傘，人是傘把）、新奇的意象（把自己握成傘把），取
得了振聾發聵的效果。

　　羅門也有些詩結合得不夠好，給人主題先行、詩味不足之感，如
〈文化空間系列〉之一的〈三座名山〉；或雖有感性、靈性，詩思卻
過於一般，如〈先看為快〉。

（三）　傳承與創新的關係

　　羅門的體會是：接受傳統的本質而非形態，去創造新的傳統。在
接受北京陳旭光的訪問時，羅門列舉了對待傳統的五種態度：死抱住
傳統，不看現代；捎著傳統的包袱，走上現代的道路，老是瞻前顧
後；從傳統走進現代，將二者溝通起來；站在現代，吸取與提升傳統
的有機質素、機能與精華，建構不受制約的、全面開放的新視野；只
要現在，不顧傳統。聲明：「我是站在第三種和第四種之間，較偏於
第四種。」「因既可保持深度，也可有機的吸納傳統，又可展開世界
觀的廣闊的創作視野，以達到絕對自由與自我獨特性且具創新性的創
作精神理念。」如：古詩人寫「好風似水」，羅門寫「落葉是風的椅
子」，古詩人寫「大漠孤煙直／長河落日圓」，羅門寫曠野「你隨天空
闊過去／帶遙遠入寧靜」；古詩人寫「姑蘇城外寒山寺／夜半鐘聲到
客船」，羅門寫「他帶著自己的影子在走／一顆星也在很遠很遠裡帶
著天空在走」；古詩人寫「卷簾望月空長嘆／美人如花隔雲端」，羅門
寫「踩在腳下的地毯／它該是哪一種鄉土」……這些詩，足可說明羅
門並沒有排除傳統古典詩所強調的意境、語言的薀蘊與純度，以及各

種拍攝鏡頭的手法。這是現代新的存在時空環境，使羅門創造出同現代人思維比較接近，同古代人則同中有異的新的美感經驗空間。也就是有些學者說的，「對傳統的『創造性轉化』。

　　說羅門「絲毫感受不到『古典的陰陽』」，是不對的。在〈時空奏鳴曲〉中，我們就讀到這樣的詩句：

> 如果這條線
> 是一筆描
> 動便長江萬里
> 靜便萬里長城
> 那些凍結在記憶與冰箱裡的
> 　　　　　　冰山冰水
> 都流回大山大水
> 把鐵絲網與彈片全沖掉
> 祖國　你便泳著江南的陽光來
> 　　　　滑著北地的雪原去
> 然後　打開綠野的大茶壺
> 　　　　捧著藍天的大瓷壺
> 　　　　不在那小小的茶藝館裡
> 從「黃河入海流」
> 飲到「孤帆遠影碧空盡」
> 從「月湧大江流」
> 飲到「野渡無人舟自橫」
> 讓從巴黎倫敦與紐約
> 　　　　進來的照相機
> 都裝滿第一流的山水與文化回去

　　讓唐朝再回來說
　　那是開得很久最美的
　　　　一朵東方

　　既有戰爭，又有鄉愁，鄉愁因戰爭而更加沉鬱；既有今日，又有
往昔，今日因往昔而更加凝重；既有風景，又有文化，風景因文化而
更加靜美；既有羅詩，又有唐詩，羅（門）詩因唐詩而更加委婉……
這不是很中國，又很人類，很古典，又很現代的嗎？

　　無論繼承中國古典詩詞，還是借鑒外國現代與後現代詩的精華，
都代替不了羅門的創新，且都心服於他的創新。所以，他反覆強調：
「我一直認為只有確實建立獨特非凡的、經得起思想與時空考驗的自
我創作風貌，方有被世界重視與追憶的可能。」「由於現代生活引發
新的物境與心境，使我們的經驗世界斷然有了新的變故，加上知識的
爆發，使我們對外在世界的觀察與認知也有新的變故，這都在推動詩
人去表現一個異於往昔形態的創作世界，這並不含有背棄傳統，這只
是必須向前創作新的傳統。」

四

　　追索「前進中的永恆」，亦影響到羅門詩的語言與詩的形式。
　　羅門詩的語言，有這樣幾個特徵：

（一）　現代感

　　羅門說：「我特別強調『現代感』——也就是強調創作的新穎與
變化。」他解釋「現代」二字的「時間感」，為「『這一秒』與『下一
秒』相溶合、整體存在成一『前進中的永恆』時刻。它不但含有『存

在與變化』的進步狀態；而且流露出超越文明的『文化性』與『歷史性』。」「因此我認為做為一個現代詩人，不能停步在不變的傳統中，應對現代新存在處境有敏銳的觀察力、透視力與『現代感』，去發覺詩語言所面臨的新環境及在創作上所發生的一切新的可能性，以便在創作中，運用最確切與有機的語言媒體……」如〈都市三腳架〉〈「麥當勞」午餐時間〉、〈帶著世紀末跑的麥可傑克遜〉、〈迷你裙〉、〈露背裝〉、〈眼睛的收容所〉、〈卡拉OK〉、〈後現代A管道〉等詩，呈現給讀者的都是新環境、新語言。

> 窗內一盤餐飲／窗外一盤街景／手裡的刀叉／較來往的車／還快速地穿越／迷你而帥勁的中午
>
> 裁紙刀般　刷的一聲／將夜裁成兩半／一半剛被眼睛調成彩色版／另一半已印成愛鳳床單
>
> 跟紅綠燈接力跑的眼睛／跟公文來回跑的眼睛／跟新聞到處跑的眼睛／跟股市行情追著跑的眼睛／跟菜單腸胃齊跑的眼睛／跟女人乳峰上下跑的眼睛／跟刀槍與血路逃跑的眼睛／跟禱告往天堂直跑的眼睛／無論是近視、遠視與老花／是帶眼鏡不帶眼鏡／跑了一整天／都一個個累倒在／電視機的收容所裡

讀著上列的詩句，誰不為其時代感、現場感、文化性、都市性所組成的現代感所感動！？

（二）　陌生化

傑出的詩人，是給萬物重新命名的人，羅門也不例外，他運用了各種手段，使語言陌生化，收到令人驚異乃至震撼的效果。如：

> 整個寂靜在那一握裡

伸開來　江河便沿掌紋而流
滿目都是水聲——〈海〉

這是通感。

一隻鳥把路飛起來
雙目遠過翅膀時
那朵圓寂便將你
　整個開放

這是投射。

他不走了
路反過來走他
城裡那尾好看的週末仍在走——〈車禍〉

這是主客易位。

明天　當第一扇百葉窗
將太陽拉成一把梯子——〈流浪人〉

這是客體顛倒。

天空不穿衣服在雲上
海不穿衣服在風浪裡——〈逃〉

這是大小錯置。

我們即使站在眼睛裡，也看不出眼睛在看的什麼
　　坐在心上　也想不出心裡在想的什麼——〈死亡之塔〉

這是反常搭配。

奇句、警句、怪句、不勝枚舉。

（三） 豐富性

羅門詩的語言，既有口語，也有文言，既有古典詩詞，還有外來詞彙……真是多種多樣，十分豐富。上舉諸例，可資說明。除此而外，他還注意語氣、語勢、語態、語感，於自由流暢中形成內在節奏。如

> 凡是坡度　都長滿了韻律
> 凡是彎處　都敏感
> 　　　　　都很滑
> 　　　都多漩渦
> 　　　都救不出千山萬水
> 除了大地　誰能讓你那樣去
> 除了海底　誰知道你來
> 除了那條水平線　誰看見你已來過──〈河〉

這是一首描寫女體的詩，以抽象寫具象，以形而下寫形而上，整齊，自然，充滿了律動美。這也是羅門查驗詩歌語言五個質點之一：抽象畫大師康定斯基的標準。

在《羅門詩選》（洪範書店一九八四年版）中，羅門提到了自己的語言走向：「是由早期想像任放與較透明的直敘語態；轉變為中期意象繁複繽紛覆疊與較深入的悟知語態；再就是近年來……要求自己盡力走上『有深度的平易性』、『穿過錯雜的直接性』與『透過繁複的單純性』等的語路。」以此衡量，他有些詩的詩語尚有待鎚煉。如〈窗的世界〉、〈車上〉、〈溪頭游〉等詩。

羅門詩的形式，值得注意的有三：

一是圖像。如〈大峽谷奏鳴曲〉之一節：

> 把世界罩在透明裡
> 　裸開來看
> 　　看人
> 　　　拉
> 　　　　著
> 　　都市
> 　　　拉
> 　　　　著
> 　　田園
> 　　　　拉
> 　　　　　著
> 　　　　荒野
> 　在茫茫裡走

整個圖形就只是一隻透明的罩子，罩著一隊非凡的拉車人，他們拉的不是普通的車，而是都市、田園、荒野。也可以理解為一個拉車人，或人拉都市，都市拉田園，田園拉荒野，相互接力，彼此互動。多角而又多面，單純而又多義，口語化又行動化還戲劇化，真是妙不可言。

二是句式。羅門善用排比、對偶、連珠等手法，構成姿態各異的句式，既為內容服務，又飽人的眼福。如：

> 快快快
> 快入快車道
> 慢慢慢

慢入斑馬線

攢攢攢

攢入地下道

爬爬爬

爬上行人橋

腳懸空

手懸空

目與天空一起空——〈都市的旋律〉

確實名副其實，既是都市旋律，又是都市民謠。

高樓與山同坐

街道與河同流

煙塵與雲同飄

鬧市與海同盪

眼睛與波浪同形

櫥窗與風景同貌

餐廳與田園同宗

旅館與荒野同族

男人與太陽同姓

女人與月亮同名

床被與四季同睡

唇瓣與花瓣同開

酒液與露水同漾

孕婦與黎明同光

焚屍爐與夜同暗

廣場與天空同行

鐘錶與地球同轉——〈曠野〉

一連十七行三十四個不同的事物，並列串連在一起，形象而又生動地表現了「被毛筆鋼筆寫著新的『大同篇』」。

　　　　鞋也是

　　　　遠方也是

　　天空裡的那片落葉也是──〈鞋〉

相互銜接，如登樓梯，語氣遞增，詩意加濃。

還有一些句式，可見前面引用之詩。

三是附註。給自己的詩加注，加後記，加附記，在臺灣，乃至在大陸，恐怕羅門是最多的一個。這也是羅門的一大創造，起到解疑、釋題、交待典故、說明緣由、提供寫作背景……等一系列作用，對於讀者理解該詩，無疑是最好的導讀材料。

如〈天地線是宇宙最後的一根弦〉，是羅門最短的一首詩，但後設的附語卻長達四千多字，比其他詩的附註都長，堪稱一篇奇文。

正如羅門的「前言」所寫：「其實這些『附語』，也是採取詩、散文、哲思、評論……等文藝屬性所混合成的一篇文章。因此在採取後現代『文類解構』的觀念來看，則它除了是一首詩，也是一篇散文；也是一篇對生命與時空存在進行探索與判視的論文；同時在其中也有我構想中的一件地景藝術（Land Art）作品。

不可否認，羅門的多數附註是加得好的，但也有個別加的不是很恰當的。

以上是我對羅門這位追索「前進中的永恆」的「重要級詩人」詩歌藝術的觀感、與所作的評論。

蓉子論

在女詩人蓉子的眾多稱號中，令筆者最為欣賞的，不是「永遠的青鳥」，不是「不凋的青蓮」，也不是「開得最久的菊花」，而是「一座華美的永恆」。因為它將「美」與「永恆」聯繫在一起，既突出了二者的辯證關係，也促使我們去探求美的本質與奧秘。

其實，「永遠」、「不凋」、「最久」都含有「永恆」的意思，只不過不如「永恆」那樣更加明確到位，更加一語中的罷了。這也說明：蓉子其詩其人的特點是相當突出的，只要認真研讀，深入感悟，評者均可以殊途同歸，得到一致的結論。

一

美是什麼？美就是對永恆的趨近。因為人固有一死，死是無窮的，生是有限的，所以人特別渴望永恆，夢想無限。然而，人不可能進入永恆，也不可能達到無限，死亡會打斷這一過程。人們除了期望在有限中靠攏無限，在過程中趨近永恆，使生命充實並富有光彩，別無他法。美，便是這一「靠攏」與「趨近」的最佳狀態，是對生之提升，死之超越。

蓉子是深明此理的。在詩集《這一站不到神話》的自序中，她這樣寫道：

列車飛逝，轉瞬無蹤，但詩和藝術為我們留下生命過程中的某

些經驗：那兒有青春的笑貌，年少時的希望和憧憬，中年時的
沉思和憂勞，以及老年時是否變得更智慧？！世界並非如年少
時所想望的；充滿了美、秩序與和諧——現實本來就不是那樣
圓滿的。因此需要詩人從殘缺粗糙的現實中提升起來，經過剪
裁、變化，再賦予美和秩序。

因此，她寫青春，寫城市，寫自然，寫生命，寫時間，寫鄉愁，並以
這六部分題材組成了她的美之奏鳴曲。

　　青春。以處女詩集《青鳥集》（1953年出版）為代表。年輕的生
命中充滿了歌與夢、愛與愁，憧憬與等待，焦慮與信心。「划破茫茫
大海的，／是一只生命的小舟……」（〈小舟〉）這是她的自許；「讓我
點起一支寂寞的歌，／將無垠的沙漠划破」（〈寂寞的歌〉）這是她的
追求；「我是一棵獨立的樹——／不是藤蘿。」（〈樹〉）這是她的人
格；「不願做你綠蔭下的池水一泓，／寧願化身為一片雨雲，／加入
海洋洪濤！」（〈不願〉）這是她的宣言。特別是〈青鳥〉一詩，表達
了詩人對青春的全部感受：

　　從久遠的年代裡——
　　　人類就追尋青鳥，
　　青鳥，你在哪裡？
　　青年人說：
　　　青鳥在丘比特的箭簇上。
　　中年人說：
　　　青鳥伴隨著「瑪門」
　　老年人說：
　　　別忘了，青鳥是有著一對
　　會飛的翅膀啊……

「青鳥」，是中國傳說中的西王母跟前的「信使」，蓉子用以指稱青春，儘管人生的不同階段對它有不同的理解，如青年人說是愛情（「丘比特」愛神之箭），中年人說是財富（「瑪門」乃基督教的金錢之神），老年人說是奮鬥（「會飛的翅膀」關鍵在「飛」），但都將其視為理想狀態，是人生的價值，有意義的美，這就比單純從自然年齡來界定「青春」要靈活得多，也深刻得多。

　　城市與自然。這二個題材是同時展開的，也同時體現在《七月的南方》（1961年出版）與《蓉子詩抄》（1965年出版）二本詩集中。在《永不終止的歌吟》（發《中華日報》1996年6月24日）一文中，蓉子有過自白：「當然，詩不純粹是年輕人的夢，更非無稽的夢；詩和生命是息息相關的，當一個人真真實實投入生活時，勢必有很多撞擊，很多痛苦；同樣的也會增強一個人的體驗，豐富其詩的內涵。由於外界生活環境的改變（從單身進入婚姻），加上詩壇遽然湧起了一股現代化的潮浪，這內外雙重的負荷，令我一時難以肩負。在經過一段時間的掙扎後，卻為我開發了新的美感經驗，令我出版了我的第二本詩集《七月的南方》。」置身臺北，蓉子無法迴避城市，迴避現實，不能不對城市文明作多元化的思考。「疲憊於血的顏色，火的烤灼，／爵士的喧嚷，搖與滾的瘋狂。」（〈夏〉）這是她對城市的描繪；「那紅面乃一種誘惑　一謊言　一幻影／那紅裡乃一庭喧囂　一窩紛擾　一片虛妄」（〈紅塵〉），這是她對城市的譴責。但蓉子的城市詩又不同於羅門的城市詩，雖批判卻未絕望：「但我相信／我會站立得足夠的久／去看褪了雲的詭譎假面的／廬山真貌」（〈我們踏過一煙朦朧〉）。因喧囂而矚望自然：「鳥鳴啁啾／我底友人們在呼喚／原屬於林，原屬於湖／原屬於紫色苜蓿田的生命在呼喚！」（〈林芙之願〉）所以才有那充滿光、影、繽紛的色彩和聲音的長詩《七月的南方》。在《蓉子詩抄》中，這種對比更加鮮明、更加強烈。全書共分五輯：第一輯

「我從季節走過」，是她對大自然的禮讚。「如此筆直地走過不再回顧
／任萬千綠葉向我招喚／繁美盛放在春遲……」（〈我從季節走過〉）
綠葉的招喚即大自然的招喚，美的招喚；「當弱質的蓓蕾／用寧謐的
欣悅預告／一樹欲融的春天和／逐漸上升的燦美！」（〈大地回春〉）
不是「繁美」，就是「燦美」，蓉子筆下的自然是療治城市痼疾的靈丹
與妙藥，也是把握人類未來的信念與希望。第四輯「憂鬱的都市組
曲」，進一步對城市文明作了剖析。「我們的城不再飛花　在三月／到
處蹲踞著那龐然建築物的獸——／沙漠中的司芬克斯　以嘲諷的眼神
窺你／而市虎成群地呼嘯／自晨迄暮」（〈我們的城不再飛花〉），這正
是工具的異化，社會的病態。「我常在無夢的夜原上寂坐／看夜的都
市　像／一枚碩大無朋的水鑽扣花／正陳列在委託行的玻璃櫥窗裡／
高價待沽」（〈我們的城不再飛花〉）。商品交換的原則滲透到每一個角
落，整個城市都可以買賣，何況精神、良知與靈魂！通過以上對比，
不難看出，蓉子筆下的自然是正面的美，城市則是負面的美，揭示負
面是為了達到正面，歌吟正面則是為了批判負面。只有同時具備正面
與負面，美才是完整的。

　　生命。這實際上是青春的繼續與深化。正如蓉子在她的第五本詩
集《維納麗沙組曲》（1969年出版）的「後記」所言：「生命中不全是
光輝四射的時光，不時地也會飄來灰黯的雲翳掩蔽你心中的光亮。而
最多的時刻卻是沙漠般的長途，伴著無盡的寂寞和辛勞！」這本詩集
特別是其中的《維納麗沙組曲》，就是她向生命的深層處的開掘，是
對一位現代女性精神之收支與盈虧的探求，也是對二十世紀六十年代
一個典型靈魂的攝影。請看這樣的詩句：「靈魂原是抽象的／只是隔
著藝術的絳帳／透露點滴星光」，這有多麼瑰麗，又有多麼神秘！
「維納麗沙　你就這樣的單騎走向／通過崎嶇　通過自己　通過大寂
寞……」這有多麼深刻，又有多麼大氣！詩集最末一首《詩》，開頭

寫道:「從鳥翼到鳥／從風到樹　從影至形／──一顆種子從泥土出生的路徑與變化」這既是對生命成長過程的寫真，也是對事物發展規律的概括，其語言之美、詩意之美令人嘆為觀止。蓉子的另一本詩集《橫笛與豎琴的晌午》（1974年出版），雖然收入的是訪韓結束、寶島風光，以及一些詠物詩、詠史詩，但也離不開生命。尤其是〈一朵青蓮〉這首給蓉子帶來盛譽的詩，可以說是生命的民族化、靈魂的讚美歌──

> 有一種低低的迴響也成過往　仰瞻
> 只有沉寒的星光　照亮天邊
> 有一朵青蓮　在水之田
> 在星月之下獨自思吟
>
> 可觀賞的是本體
> 可傳誦的是芬美　一朵青蓮
> 有一種月色的朦朧　有一種星沉荷池的古典
> 越過這兒那兒的潮濕和泥濘而如此馨美！
>
> 幽思遼闊　面紗面紗
> 陌生而不能相望
> 影中有形　水中有影
> 一朵靜觀天宇而不事喧嚷的蓮
>
> 紫色向晚　向夕陽的長窗
> 儘管荷蓋上承滿了水珠　但你從不哭泣
> 仍舊有菁鬱的青翠　仍舊有妍婉的紅焰
> 從澹澹的寒波　擎起

無論情韻，氣質，語言，節奏，都是中國的！那「在星月之下獨自思吟」的幽靜，那越過潮濕和泥濘的馨美，那「靜觀天宇而不事喧嚷」的高潔，那「從不哭泣」堅持蓊鬱與妍婉的倔強，充分顯示了生命的成熟與魅力。讀這樣的詩，我們的思想境界也跟著它一道「擎起」。

時間。現代詩人對時間都極為敏感，蓉子也不例外，可以說她的每一本詩集都涉及到這個命題。在《蓉子詩抄》的扉頁，她甚至刻下了自己的銘言：「詩與藝術使生命產生耐度，在時間裡不朽。」但最多、最集中的還要數《這一站不到神話》（1986年出版），她的第十一本詩集。在「自序」中，她開宗明義就談時間，談它的匆忙與無法挽留，只有「把心靈所感受到的種種，經過心靈的轉化和鎔鑄後」，運用匠心寫成的詩，才會「不受時間和自然力的摧毀」。至於自己的詩：「它們不僅早已揮別了我『青鳥』時期的青春神話，同時也不像『維納麗沙』那樣訴諸內心世界的孤獨和省思──它們表現了我前此未嘗有過的與現實生活的親和力！」「時間緩緩地吹醒一朵玫瑰的甜美／復若無某事地將它委棄在塵泥」（〈歲月流水〉）這是她的傷懷與慨嘆，甜美中摻和著淒切；「就這樣晨昏日夕　勞苦煩擾／吶喊是一聲鑼　沉鬱是一聲鼓／我祖國的長江大河呵　入耳／　一聲聲都是苦難的嘆息和哀訴」（〈時間〉）這是她的聯想與穎悟，優美裡飽含著凝重。將一己、家、國與時間聯繫在一起，將詩更多地投注於觀察，是蓉子時間詩與其他詩人時間詩的一大區別。

鄉愁。在蓉子大多數的詩集中都有表現，尤以第十二本詩集《黑海上的晨曦》（1997年出版）更加突出。我們只要看一眼詩題就可以了解，如：〈曾經江南〉、〈秋愁〉、〈當時間隔久〉、〈探索〉、〈九廣鐵路〉、〈親情〉、〈她的髮絲從未花白──獻給母親的詩〉。在蓉子的筆下，故鄉以及故國永遠是美的。在〈最後的春天〉中，她寫「今歲城市的春色」，「怎能比擬北國雪地裡／那冷寒的翠艷　比祖母綠更珍貴

／是我年輕時的戀」；在〈海棠紅〉中，她寫「心中一叢海棠紅／夢裡美麗的山河」，儘管祖國多災多難，「風雨走過　旱象走過／也走過流離顛沛　在炎黃子孫心頭／從不熄滅的紅燭　那情那景／絕對難捨！」什麼是鄉愁？蓉子在上一本詩集中曾經寫道：「鄉愁就是童年是記憶也是歷史。」在「自序」中她認為：「不管人類置身在怎樣的環境中，良知、善與美以及希冀明天比今天更好的憧憬總是潛藏在心的深處，只要有一線燈火或一顆星光燭照，就會啟導並引燃出人類心中的黎明，無限希望的明天！」雖未正面回答，但意思也是再清楚不過的。鄉愁就是文化，就是美，蓉子終於以她的十幾本詩集完成了對美的詮釋，對美的演奏。

二

　　斯賓諾莎認為，任何事物，它所以用以堅持它自身的存在的努力，其實就是事物自身的真正本質，而每個個體所藉以堅持的這一種努力，並不是包含於有限的時間之內，卻是包含在無限的時間內。這也就是說，追求無限，渴望永恆，是人類存在的真正本質。在《生命的悲劇意識》中，烏納穆諾對斯賓諾莎的這一論斷作了更明確的闡釋。他說：「事實上，我們沒有辦法相信我們是不存在的，並且沒有任何力量能夠迫使意識承認絕對的無意識的狀態——意識自體的絕滅。」「存在，永恆而沒有終結的存在！對於生命的渴望，渴望更多的生命！對於上帝的需求！對於永恆的愛的渴望！永遠的存在！成為上帝！」[1]這便是人的最本質的追求。

1　何顯明、余芹：《飄向天國的駝鈴》（上海市：上海文藝出版社，1990年12月），頁176-177。

　　類似的論述，在西方思想史上不勝枚舉。費爾巴哈也正是把「不死的願望」稱作為人的「原始的、不假的、基於人的本性的」願望。馬利坦看到了情感和理智的對立，但他還是指出：「當一個人在理智上否認不朽時，儘管他確信自己的結論是合理的，他仍然要靠某種假設而生活下去。他不知不覺地，本能地作出了這種假設，他所假設的東西恰好就是這種不朽，但他卻從哲理出發而否認這一點。」[2]如果追本溯源，我們甚至可以說這種哲學觀念受到過《聖經》的啟示。蛇引誘夏娃與亞當偷吃了智慧之果，被上帝逐出了伊甸園。因為「那人已經與我們相似，能知道善惡，現在恐怕他伸手又摘生命樹的果子吃，就永遠活著。」因而，永恆（「永遠活著」）遂成為具有智慧之人的永遠的奢望。

　　蓉子出身於基督教的家庭，自小便接受嚴格的宗教洗禮，養成了每天讀《聖經》做禱告的習慣，虔誠、莊嚴、寧靜、聖潔自然成了她的基本氣質。她是江蘇人，在江陰與上海唸完中學，並曾肄業於一家農學院，受過較系統的教育，當過小學教員、教堂風琴手、家庭教師。一九四九年來臺灣後一直在交通部國際電台工作。一九五五年與詩人羅門結婚。一九七五年，為了獲得較從容的時間繼續詩途跋涉，提前退休。她的氣質，她的經歷，對於她趨近永恆，以詩求美，不能不產生影響。分析起來，蓉子的精神世界始終貫串著三組矛盾，這決定了她的表現策略一直存在著兩個結合。

　　先談三組矛盾。它們分別是：

　　寧靜與不安。番草說得好：「蓉子小姐的詩裡，充滿著一種寧靜的寂寞與淺淡的悒鬱，這是李清照的氣質，也是白朗寧夫人的氣質，這是古今中外女詩人們傳統的氣質。讀她的詩，如像在寂寞的林間諦

2　菲力浦・勞頓、瑪麗―路易絲・畢蕭普著，胡建華、楊全德等譯：《生存的哲學》（長沙市：湖南人民出版社，1988年4月），頁323。

聽寒泉的琤琮，這是她智慧的光采。」然而，現代社會的工業文明、機械文明、物欲文明（蓉子詩提到此三種文明）卻不斷地打破她的寧靜，使她常常處於不安之中。如何排除外界的干擾，由不安回復寧靜，是蓉子常寫常新的一個主題。如：作於一九六〇年的〈白色的睡〉，便是她這一心境的最好寫照：

> 儘管鳥聲喧噪　滴瀝如雨　　滴落
> 也喚不醒那睡意
> 冷冷的時間埋葬了歡美
> 冷冷的靜睡不再記起陽光的顏彩
> 鳥聲滴滴如雨　濾過密葉
> 密葉灑落很多影子
> 　很多影子　很多萎謝　很多喧嚷
> 我柔和的心難以承當！

顯而易見，這裡的「影子」、「萎謝」、「喧嚷」與首節的「虛白」、「灰雲」、「迷離」同樣具有針對性與廣延性，是社會的複雜、現實的嚴酷、人生的艱難，是她難以承當、急於排遣的不安。再如：作於一九九七年的《棄聖絕智》，以燈下之靜與室外之動作對比：

> 我寫詩　為等待那靈光一閃的遇合
> 在點熱的血液的酒精燈下
> 甚至犧牲了睡眠、娛樂和交遊
> 換取的是貧窮　冷漠和折磨
> 君不見外面風起了　塵飛土揚
> 物價雖上升
> 靈魂反跌價

所謂「樹欲靜而風不止」，商品社會價值改變，是非顛倒，寧靜難得，不安常在。但正因如此，蓉子仍安貧樂道，堅持寫詩，以詩求美，以美濟世。這種精神不是值得我們充分肯定，熱情讚揚的嗎？

　　秩序與紊亂。秩序是維護寧靜的條件，當時代發生變革，秩序遭到破壞，正確對待紊亂便成了關鍵。〈亂夢〉一詩，就反映了早期蓉子所面臨的這種狀況。「沉默非金／——乃幽寂的灰路／或為風卷去的沙塵」，這是環境的紊亂；「迷濛的始終不能清晰／明晰的卻是殘缺、謊言和醜惡／社會、社會不讓我們／看它底眼睛」，這是社會的紊亂；蹀躞的魚，「雜亂頭髮的陰影」、文化的貶值（「尚沒有一枚草莓的價值」）、「一些亂夢」，這是精神的紊亂……所有這一切，都是詩人不能忍受的：

> 夜、戴面罩的回女
> 夢是欲飛的翅衣，欲蛻化的蛾

詩人在夢中掙扎，希望如蛻化的蛾，在痛苦的蛻變中更新自我。

> 久久地被困於沼澤地的泥潭，
> 我將如何？
> 我將如何涉過
> 這沉默得如此的深潭！

走出困境，也就是結束紊亂，建立秩序，從亂到治。

　　在這裡，筆者要指出的是：無論秩序，還是紊亂，皆為精神所必需。秩序化固然是一種創造，紊亂無序，由於經常不斷地提供大量為建立秩序所必需的成分，也表現出一種創造力。何況人都有求新的欲望，打破平衡，改變現狀，是大家樂以為之的。蓉子發於《詩學季刊》一九九七年一月的〈日往月來〉就足資證明。這首詩通過日落月

出，寫「歲月長短終無情」。儘管「小雨淅瀝」、「大雨霡霈」、「狂風在後摧迫」，顯得十分紊亂，但都為秩序（或云新的秩序）的建立提供了必需的成分。

> 一葉扁舟　從上游駛出了自己
>
> 已有了先驗的哀愁
>
> 從黑髮到白髮
>
> 一株小草花　全無綠樹濃蔭的呵護
>
> 生命卻在不尋常的苦難中節節拔高
>
>
> 那寒冽的鋼刀　就如此
>
> 雕琢出近乎完美的魂魄
>
> 一切憂喜連同全然的寂靜
>
> 都成為可以深深反芻的跫音

苦難成就了事業，新我開創了天地，結尾更意味深長。

　　完整與破碎。常常聽到這樣的話：「不要求全責備。」可見「求全」是人的本性，因為理想中的美本來就是完整的，容不得虧蝕，更容不得破碎。早在一九五〇年，蓉子就以〈碎鏡〉一詩表現了這組矛盾。

> 哦！從碎裂的寧靜裡：
>
> 有多少散光的投影？有多少煩瑣的分屍！
>
> 有多少海在城內、溺斃了顏色和形象！

這是物質的破碎，也是精神的破碎。

> 日子是跛腳的

　　因在不甚透明的夜裡

　　我不悉你的笑容屬於哪一種花卉

　　我僅知我丟失了　啊！太多

　　每當風聲走過

　　就落下很多塵的波影　很多夢的虛幻！

日子不完美，環境變陌生，丟失得太多，擁有的只是苦澀與虛無。詩人以象徵的手法，提出了「碎鏡重圓」的要求。

　　如果說這首詩的重點是在寫破碎，那麼，〈維納麗沙組曲〉的重點就是在寫完整了。

　　你靜靜地走著

　　讓浮動的眼神將你遺落

　　因你不需在炫耀和烘托裡完成

　　──你完成自己於無邊的寂靜之中。

真是玉樹臨風，清麗絕塵，難怪詩人也自謂「完美」。

　　讓我也能這樣伸出筆直的腿

　　如在夢中行走的維納麗沙

　　走出峽谷　躲過現實洶湧的浪濤

　　逃過機器咬人的利齒

　　滑過物欲文明傾斜的坡度

　　──奇蹟似地走向前

　　走向遙遠的地平線！

這不是對現實的挑戰，對理想的堅持，對至美的完成，又是什麼呢？詩人在「後記」中特別說明：詩中的女主角和意大利達文西（注：大

陸譯作達‧芬奇）那幅名畫中的夢娜麗沙（注：大陸譯作蒙娜麗沙）
全無半點相連相似之處。「她們是生活在兩個不同時代中的不同人
物。」「我真羨慕畫中人物那份安適與寧謐，好像世界從不曾攪擾過
她一樣；我詩中的維納麗沙卻全不是這樣，她生活在一個擾攘喧囂的
年代，在不停地跋涉充滿風沙的長途，但不忘自我塑造。這是一組自
我世界的描繪，自我靈魂的畫像，一組孤獨堅定的徐徐跫音，當她走
過山嶺平原所發出的一些真實回音……」這個說明很重要，為我們加
深理解提供了方便，但也不必太執著。所謂作者未必然，讀者未必不
然。在組曲十二首詩中，筆者不止一處地感受到那神秘的微笑，那溫
婉的氣質，尤其是第八首〈災難〉，簡直是對那幅名畫的介紹，極大
地擴充了詩的含量。真正的藝術貴在似與不似之間，多點朦朧感，就
多點神秘性，詩味反而會更濃一些。有人問詩中女主角為什麼不用中
國人的姓名？奧妙也許就在這忽西忽中、中西結合之上吧！

再談兩個結合。

第一個結合是**古典與現代**。蓉子是古典的，因為只有在倡導靜
觀、強調和諧、追求「天人合一」的東方古典中，她才能由不安還原
寧靜，由紊亂恢復秩序，由破碎回到完整。〈古典留我〉，便是她的詩
意說明。

　　古典留我　在鄰國
　　隔著海水留我　在春暮

這是蓉子一九六五年旅韓的作品。儘管人在漢城的宮殿庭院，夢到的
卻是中華的江南北國：

　　夢在江南　春色千里
　　柳絮兒滿城飛舞；

> 夢在北國　漢家陵闕
> 鷹隼飛渡無雲的高空。

儘管見到的是韓國白衣老人，想到的卻是中國悠久的文化：

> 呵，春城煙籠
> 此處猶可見東方
> 昔時明月
> 淡淡的唐宋。

因為「我的感覺是：韓國人愈是高級知識分子愈漢化，他們的衣著
（傳統的韓裝）、居室、行為、禮儀、談吐，處處流露出古中國的流
風餘韻，可說較當時我們國內更『東方』。」[3]蓉子又是現代的，由於
她的性格充滿了愛與悲憫，使她對熱衷彼岸世界，重在理性開拓，主
張優化自身的西方現代思潮、現代技巧容易引起共鳴。對此，《七十
年代詩選》有過評價：「在現代新審美觀與新的觀物態度的影響下，
她逐漸更換了『自我』的坐姿，逐漸遠離了《青鳥》時期那單純、雋
永與可愛的抒情世界，也像其他的現代詩人，強調深入的思考與知
性，向內把握住事物的真實性，追求精神活動的交感作用，使作品在
現代藝術的新領域裡塑造交錯繁美與帶有奧秘性的意象，獲致其更純
的深度與密度。」

　　古典與現代的結合，使蓉子將東方詩藝與西方詩藝融合為一。當
然，不是說她所有的詩都做到了這種結合與融合，在蓉子十多部詩集
中也存在著一些直露與平庸的作品，但至少可以說在她那些為人稱道
的佳篇中，這種結合與融合是水乳交融、天衣無縫的。如：〈我的妝
鏡是一隻弓背的貓〉：

3　〈永不終止的歌吟〉，《中華日報》，1996年6月24日。

我的妝鏡是一隻弓背的貓
不住地變換它的眼瞳
致令我的形象變異如水流

一隻弓背的貓　一隻無語的貓
一隻寂寞的貓　我底妝鏡
睜圓驚異的眼是一鏡不醒的夢
波動在其間的是
時間？　是光輝？　是憂愁？

我的妝鏡是一隻命運的貓
如限制的臉容　鎖我的豐美於
它底單調　我的靜淑
於它底粗糙　步態遂慵憊了
慵困如長夏！

捨棄它有韻律的步履　在此困居
我的妝鏡是一隻蹲踞的貓
我的貓是一迷離的夢　無光　無影
也從未正確的反映我形象。

女子妝台上的鏡子，其作用無非是供女主人映照、梳妝，這使我們極自然地想到「對鏡貼花黃」一類的古詩句以及唐詩宋詞中的「閨怨」，但寫法卻相當現代。這裡，有投射：「我的妝鏡是一隻弓背的貓」，如同電影的特寫鏡頭，將詩人的感覺、情緒、想像、意念全部籠罩在物象上。有顛倒：「不住地變換它的眼瞳／致令我的形象變異

如水流」。按常理，鏡子是不會變的，是「我的形象」因歲月與情勢而改變，致令鏡中的映象改變。詩人反而倒過來說，改果為因。有荒謬：「我底妝鏡／睜圓驚異的眼是一鏡不醒的夢」。妝鏡既然為貓，睜圓雙眼自是不怪的，怪的是睜眼為夢，而且「不醒」，這裡是否有「人生如夢」的感喟呢？有隱喻：「一隻弓背的貓　一隻無語的貓／一隻寂寞的貓」。「弓背」是姿態，含吐不露；「寂寞」是心態，無可奈何（生命苦短）。更有知性：在妝鏡中波動的是歲月（「時間」），是榮譽（「光輝」），是失意（「憂愁」），是女人短暫而不幸的一生。所以，詩人批評妝鏡限制了青春，摧折了生命（以單調取代了豐美，以粗糙代替了靜淑，使人惓憊衰老）。「也從未正確的反映我形象」，是抗議也是聲明：女人不應當受到「困居」，女人應改變自己的命運。由於現代觀念的滲透，就徹底改變了，「閨怨」這個古人不知寫了多少代的題材，賦予了完美的藝術形式與嶄新的時代內容。以上是筆者對該詩的一種理解，與鍾玲、周伯乃、林煥彰的詮釋有所不同，也不必求同，因為多義性正是現代詩的一大特徵。

　　第二個結合是**宗教與藝術**。在接受《心臟》詩社柯慶昌的專訪時，蓉子讀到：「就宗教和藝術的本質上來說：宗教家追求的是善，而藝術家追求的是美。然而『藝術』和『宗教』卻是最好的芳鄰，相互間常常產生很大的影響力。」她認為：「情感在藝術和詩中均占有重要的地位；但那不是一般生活中粗雜的情感，乃是經過轉化和提升了的感情。而宗教信仰，每每在無形中提升吾人的性靈，使人擁有一份高潔的情操，令詩有更美好的內涵和境界。」她十分欣賞艾略特在《傳統和個人的才能》中所說的那句話：「那就是『當詩人面臨某種比自己更有價值的東西時，他必然會不斷地獻出自己』，我想這就是把有限的小我融合在大我中的意思。」正是這種得自宗教的博愛情懷與中國人文傳統中的「天人合一」哲思的結合，使蓉子的不少詩篇具

有「既是哲學的，也是宗教的境界，更是東方詩人們所追尋的境界」。如：

> 櫻花凋落於楚楚的瞬息
>
> 鳥在有限的空間飛鳴　唯松柏傲立
>
> 一切聲音都在林間寂默　形成那不能觸知的奧秘
>
> ──〈阿里山有鳥鳴〉

> 仰望　更勝斧斤之姿　挺立
>
> 以成行成叢成片的井然
>
> 一齊指向天空──
>
> 為這眾多意象協力的高舉
>
> 天空遂壯闊起來
>
> ──〈眾樹歌唱〉

> 但我常有雨滴　在子夜　在心中
>
> 那被踩響了的寂寞
>
> 係一種純淨的雨的音響──
>
> 哦，我的夏在雨中　豐美而淒涼！
>
> ──〈夏在雨中〉

> 吟罷是苔痕
>
> 猶記得那新鮮人　以初睜眸的眼神
>
> 發出喜悅的顫慄　在盆的籬笆。
>
> ──〈吟罷苔痕深〉

在《我的詩觀》一文中，蓉子將這種境界稱為「祈禱的境界」：「就像

神父布勒蒙所說：『……相同於靜寂而玄秘的沉思底境界，靜寂而玄秘的沉思乃是祈禱之最高的姿勢。』不過我想我的那類作品是靜寂有餘而玄秘不足的，雖然我可以承認，我的小部分詩篇確能到達『祈禱的境界』。」這話說得十分中肯。上引四詩，包括前文刊舉的〈一朵青蓮〉、〈我的妝鏡是一隻弓背的貓〉、〈古典留我〉、〈維納麗沙組曲〉之大部分等，都到達了「祈禱的境界」，「靜寂而玄秘的沉思底境界」。但也有相當數量的詩並未到達這種境界，如《橫笛與豎琴的晌午》詩集的第三輯，雖輯名為「禱」，也不乏《一隻鳥飛過》這樣的好詩，但多數是靜寂有餘而玄秘不足。筆者以為：玄秘並不是某種「玄秘」的東西，而是一種意味，一種特質，它統合了人的生存體驗，隱含著世界的勃勃生機，往往與「超驗」、「神性」聯繫在一起，構成為不可言喻的力量，是傑出乃至偉大作品不可或缺的因素。

蓉子在回答柯慶昌提問時還有一段話，十分精彩（見〈燈屋的春天〉）。她說：「有一點需要注意的，那就是一個具有宗教信仰的人，從事藝術工作的話，他應該記得把信仰先融化在生活中，而不是直接說明他的信念或觀念。「為什麼眾多的教徒寫不了詩，即使有少數文化修養高的人也寫不好詩，就因為過於執著教旨、教義，把詩當成了宗教的宣傳品。在這裡，我想引用福建詩評家陳仲義的一段論述作為補充：

> 如果說，現在物質主義把精神家園摧殘成七零八落，狼藉滿地，故鄉溫馨的草木化成一片冰雪、沼澤和荒漠。如果無望的冥暗中，人們尚存一絲希望，這絲希望就是對神性的企盼和呼喚，而現代詩人注定要承負著神性的司職，這樣，就得首先接近神性。接近神性意味著從靈魂、氣質到行為動機、言說，都通往「神」的旨意，彷彿生下來就是「為神代言」。在某種意

義上，柏拉圖的話並沒有過時。為接近神性，通往神往，且為神而代言，其實是為著「暴露」最高的人性境界。[4]

最後一句的著重號是筆者加的，以顯示其特別重要，供蓉子與其他詩人參考。

三

蓉子的詩美，除了前面談到的以外，尚有以下幾個特徵：

意象：瞬間呈現永恆。「瞬間永恆」是東方宗教的命題，它說明生命的每一個瞬間既是它自己又不是它自己，既有迅不可留的消逝性，又有聯繫首尾的廣延性。生命的意義不在死滅而在呈現。抓住每一個瞬間，定格每一個瞬間，在精神上達到「天人合一」，便進入了永恆。海德格爾也有同樣的認識，他指出「敞亮」（這是「真理」這個詞在歷史上最原初的意義）是對存在本身的敞亮，這只是一剎那間的事，「也許就在這『忘我』的一剎那間，就進入了永恆，悟得了真誠」[5]。

> 而夏日有喧鬧
> 黃昏有檀香木的氣息
> 你在雛菊與檀香木之間打著鞦韆
> 在過往與未來間緩緩地形成自己！
> ——《維納麗沙組曲·肖像》

4　陳仲義：《詩的嘩變》（廈門市：鷺江出版社，1994年6月），頁245。
5　周國平主編：《詩人哲學家》（上海市：上海人民出版社，1987年12月），頁346-348。

　　異鄉人在此碑坐　在陽光之外

　　用古典的面影坐於現代

　　而夢千古凍結

　　　　　　　——〈夢的荒原〉

　　我在夏的樹頭獨坐

　　高高的翹起我的腿　亦

　　南面王一個

　　　　　　——〈蟲的世界——蚱蜢的畫像〉

　　以上三例，三個動作：一擺蕩「形成自己」由幼稚達到成熟；一「碑坐」「千古凍結」，古典與現代結合；一「獨坐」成「南面王」，從高處君臨天下。都是「一剎那間的事」，均實現了難以實現的願望，天人合一，忘我，就進入了永恆。如果按照藝術品種分類，第一例是畫，溫馨，典雅；第二例是雕塑，剛毅，凝重；第三例是戲劇、輕鬆、幽默。三例比較，小小蚱蜢神氣活現，自得意滿，數它最為生動！

　　光色：多方啟動感官。車爾尼雪夫斯基說：「美感是和聽覺、視覺不可分離地結合在一起的，離開聽覺、視覺是不能設想的。」[6]如何啟動感官以獲致美感？法國印象派畫師們的經驗是通過光與色。他們主張根據太陽光譜分解出的赤橙黃綠青藍紫七種色相去反映自然界的瞬間意象，堅持在戶外陽光下直接描繪景物，在光色變化中把握對象的整體感和氛圍氣。他們的作品一反過去宗教神話等主題內容和陳陳相因的表現技法，使人為之目炫。蓉子顯然是受到了他們的影響，

6　〔俄〕車爾尼雪夫斯基著，周揚譯：《生活與美學》（北京市：人民文學出版社，1957年），頁942。

在詩中大量地運用了光影與色彩,以聽覺、視覺為主,多方啟動感官,把人帶入一個萬物生長、明麗新鮮的世界。如:「陽光快步行進/刻刻展示那光與熱/以期到達全盛的美」(〈夏日組詩・立夏〉)寫的是陽光,「刻刻」顯示出變化;「大批的綠迎面而來　從平原/從山崗　層巒疊翠/就不見山底蒼褐　只見/綠色錦緞密密地裹住那/深山　夢谷　更接壤/明淨的藍天」(〈蘭陽平原〉)寫的是色彩,既斑斕且有層次;「到南方澳去/看陽光的金羽翱翔在碧波上/有活潑的銀鱗深藏在水中央……」(〈到南方澳去〉)寫的是光,也是色,是二者的交織。「多一份紅色歡愉　色彩便明悅/多一份藍色沈鬱　容顏遂滯黯」(〈紫色裙影〉)、「你禁錮的靈魂/正翕合著一種微睡/一群白色音符之寂靜」(〈白色的睡〉)表明蓉子深悉各種顏色的屬性,因而能根據需要將它們搭配,賦予不同的象徵意義,形成不同的感情色彩,取得不同的感官效果。然而,將光、色表現到極至的,要數〈七月的南方〉。

> 從此向南──
> 從都市灰冷建築物的陰暗
> 繞過鳥聲悠長的迴廊
> 南方喚我!
> 以一種澄澈的音響
> 以華美無比的金陽
> 以青青的豐澤和
> 它多彩情的名字

一開篇就給人一股新鮮而濃郁的詩味,一種生命的甘美與激動。

> 青枝若夢

青枝以夢姿伸向遠方

因茂密而刻刻滴翠……

空氣中正流布郁熱的芳馨

小樹盡如花嫁時的衣飾

繁柯因不勝美的負荷而低垂

啊！一片彩色的投影一種無比的光艷以及

隱藏在叢綠深處的歡美

看踊躍葉子的海

光輝金陽的海

對於棲留在灰黯中的心是無比的歡悅

對於習慣於冷漠單調的眼睛乃彩色的盛宴

既訴諸聽覺，又訴諸視覺，還訴諸嗅覺、味覺與觸覺，可謂感官的全部開放，思維的極度自由。難怪蓉子自稱這首詩，「代表我嚮往的靈魂成熟的季節——智慧、繁茂與陽光照耀下的豐美」[7]。以這首詩命名的詩集也確實把她的知名度大大地推廣了一番。

細節：個體包容整體。對細節的關注可能是有才華的女詩人共同的特點。由於一生求美，又有宗教的博愛情懷，而愛只能在「全」中完成，這使蓉子不時擺脫為過去和未來所決定的個人因素，以個體包容整體，「超越個人生命的領域而與人類與萬物相感通。」[8]如〈金閣寺〉，寫日本京都一座三層樓閣式的古建築，將其美表現得無與倫比。「空間何脆薄／金閣何清癯」這是閣的情調；「她傍倚不動山的翠嶺／（背景深濃因松檜）／時時以澄明湖水照她的倩影／啊，也是一

7　〈詩集後記〉,《七月的南方》。

8　柯慶昌:〈燈屋的春天〉,《心臟》第4期。

朵秀逸自戀的水仙！」這是閣的輪廓；「看林立的纖柱如金色琴弦／
潮音洞的穹頂上有天人合奏的餘音／當蓮沼池的水急切流入鏡湖／映
印出整幢金閣玲瓏透剔的形象。」這是閣的形象，由於採用了光、
影、色彩與聲音，金閣寺被寫得金碧輝煌。

> 難道她真是那預定的美的凝鑄？
>
> 艷陽從天頂鋪斂
>
> 冷月在湖心沉潛
>
> 夜之黑潮擁住金閣
>
> 冬的積雪也會使她暫白頭
>
> 啊，和粗糙的人生相比
>
> 金閣何巧麗！
>
> 當彼挾那襲金衣浴於陽光的火焰
>
> 一片紛繁密奢的閃爍令人目眩
>
> 煌煌的金閣　凌人的盛氣裡
>
> 所有細緻的美皆向我隱藏

詩人的理念、詩人的巧喻、詩人的抒情、詩人的想像，將金閣之美表
現得纖毫畢露，她偏偏還用了一個詞「隱藏」，反襯出她觀察之細、
表現之細！接下來，蓉子記敘了一次雨中的採訪，「在激灩波光與參
差荇藻間／金閣散發那幽玄的美　神秘的光」「美艷和哀怨／更像一
遙遙難以企及的夢」，以致於「懷疑那金閣是實體？還是用心構築起
來的美麗虛無！」她還從歷史、從傳聞（一少年僧人因忍受不了金閣
寺的美舉火將其焚毀）來寫美的多面性：「令未修成正果的僧和俗都
要心動／因為那不平凡的美具有毀傷的力／如深深銅鐘撞擊」結尾是
一個特寫鏡頭：

　　兀立金閣的尖頂　　永遠振翅欲飛的

　　一隻活過五百八十餘歲的金鳥　　孤獨地

　　仰首昊天　　意欲泅泳時間遼闊的海

　　就像人類意志恆久的詮釋　　鳳凰不死

將美的禮讚唱至最強音。總之，金閣寺之美，美在細，也美在全。此詩的細節之多，細節之全，都是驚人的。

　　另一個例子是〈櫻花薄霧外的山水盛宴〉，全面描繪臺北市陽明山國家公園，山名多，水名多，生物名多，花木名更多，不能不使人想到孔老夫子的教誨「多識鳥獸草木之名」是一句至理名言。此詩的缺點在介紹性，文字過於散文化，詩意遠不如〈金閣寺〉濃郁。由此，筆者倒是要向蓉子建議，寧可繼續求細，不可過分求全，還是多一些「三月是未嫁的小女／一群素約小腰身的雨／偶然──／從屏風後偷窺這世界」(〈三月〉)，「輕快的音符是迷人的木香墜──／從昔日之晨飄送過來那芬芳」(〈D大調隨想曲〉)這樣的佳句，少一些鋪排渲染為好。

　　節奏：不經意中為之。節奏是情緒起伏、流動的一種規律。分內在節奏與外在節奏兩種。內在節奏與心緒、感覺、情境有關，外在節奏與句式、音組、排偶、押韻有關。二者都是構成詩的音樂性的重要因素，蓉子對此深有感觸，她說：「我開始摸索詩的道路與門徑，記得童年最先接觸的詩歌，不是古詩，不是律絕；至於歌德、雪萊、拜倫的詩也都是後來的事了！而是很自然的接觸到的古希伯來民族的詩歌：那些莊嚴的頌歌，那些迎接勇士歸來的凱歌，那些靜默的祈禱如大衛王的詩篇，那些歌頌神聖愛情的如雅歌。它們沒有嚴整的句法，卻有真摯的情感，活潑的旋律，我雖未有心去模仿，它們卻多少影響了我。因此我覺得一首詩除了必須有內容、有意境外，也該帶著音樂

的氣息，這種音樂的氣息與其是刻板的人工律韻，毋寧是自然的生命的躍動。」[9]由此可知，蓉子詩的節奏來自她的生命，於不經意中為之。這是一種自然的節奏，界於押韻與不押韻之間、可感與不可感之間的一種天然的律動。例如：〈傘〉。

> 鳥翅初撲
> 幅幅相連　以蝙蝠弧形的雙翼
> 連成一個無懈可擊的圓
>
> 一把綠色小傘是一頂荷蓋
> 紅色朝暾　黑色晚雲
> 各種顏色的傘是栽花的樹
> 而且能夠行走……
>
> 一柄頂天
> 頂著豔陽　頂著雨
> 頂著單純兒歌的透明音樂
> 自在自適的小小世界
>
> 一傘在握　開闔自如
> 闔則為竿為杖　開則為花為亭
> 亭中藏一個寧靜的我

名義上寫傘，實際上是寫生命，於平凡處見出美。筆調輕快亮麗，反映出她情緒的自在自適。全詩四節十四行，第一節是暗喻（「鳥翅」、

9　〈後記〉，《青鳥集》。

「蝙蝠」），第二節是明喻（「荷蓋」、「樹」），第三節是暗喻（「豔
陽」、「雨」暗喻人生的順境與逆境），第四節是明喻（「為花為亭」）。
暗──明──暗──明的次序，顯示了升──降──升──降的節
奏進程。在音組組合方面，多數是二字音組，還有三字音組、四字音
組，單字音組只有「圓」、「樹」、「雨」、「我」四個，但從每節的最後
一行最後一個音組看，四節相連，是單──雙（「行走」）──雙
（「世界」）──單（「我」），也有一定的規律性。十四行詩多數不押
韻，但也有一行押韻（「蝠蝠相連」與「連成一個無懈可擊的圓」）；
二行半句韻：「紅色朝暾　黑色晚雲」，「一傘在握　開闔自如」；第三
節連用了三個「頂」字，押的是頭韻，也是排比；對偶則有「闔則為
竿為杖　開則為花為亭」及「紅色朝暾　黑色晚雲」。「一個……」、
「一把……」、「一柄……」、「一傘……」的句式復沓，跟上述諸點一
樣，也為詩篇增添了音樂性。

　　優美的句式是通過優美的語言表現出來的。蓉子語言，其特色是
清純、典雅、含蓄，有樂感。諸如「飲於杯　如／飲於井／飲是不透
明的」（〈飲的聯想〉）、「不為甚麼地芬芳　不為結果／不為甚麼地叮
叮噹噹」（〈看你名字的繁卉〉）、「我思　我夢　我在／當生之沉重
落下　夢就為歲月的激流所稀釋」（〈旱夏之歌〉）、「飛來從乳紅色的
晨霧裡／飛進那片濃密似永恆的蒼翠」（〈阿里山有鳥鳴〉）、「大地褐
觀音般躺著／只有遠天透露出朦朧的光」（〈當眾生走過〉）、「合則
望　分則朔／──我可以隨意調整那距離／望時同輝　朔時同晦」
（〈菊和松的圖騰〉）、「每回西風走過／總踩痛我思鄉的弦！」（〈晚秋
的鄉愁〉）……這樣的佳句不勝枚舉。也有用得不妥的詞如「為吾儕
世居的大地留一片無欲淨土」（〈櫻花薄霧外的山水盛宴〉）、「更將君
王對她的寵信／回饋到她帝國子民的身上」，概念化，不像詩；「只有
您砥柱中流／突現出一位完美的教師形象」（〈今世師表〉），過於直

白，無詩味；「視國家、黎民、朋輩更勝自己生命／忍人所不能忍
為人所不敢為」（《俠之義》），非詩。比較起來，蓉子寫自然的詩好於
她寫城市的詩，短詩好於長詩。〈芸芸眾生〉、〈愛情已成古老神話〉、
〈甘迺迪夫人的船〉都寫得不成功。在這方面，蓉子倒是可以向她的
伴侶詩人羅門學習一二。

　　飛得高些再高些吧，永遠的青鳥！

來自天堂的召喚
──論羅門和蓉子的價值

　　美國普立茲獎和自由勳章獲得者威爾・杜蘭特曾經滿懷激情地寫道：「為什麼我們會充滿敬意地面臨高山之巔的飛瀑，面對夏夜海面的圓月，卻不願意以同樣的敬意來面對一個傑出的優秀的人呢？其實，沒有什麼自然奇觀能比得上偉大的人性。」「生活中每一種偉大的著述，每一件藝術作品，每一個誠摯的生命，都是一種來自天堂的召喚，都是一扇通向天堂的大門，只是我們過於急切地熄滅了希望之火和崇敬之光。」[1]我以為羅門和蓉子都是傑出的、優秀的人，他倆的作品便是來自天堂的召喚，一直通向天堂的大門。

一

　　第一個將羅門和蓉子稱呼為「中國詩壇勃朗寧夫婦」的，是前行代詩人覃子豪。那是民國四十四年（1955）四月十四日星期日下午四時（堪稱「四的奇緣」），在臺北中山北路一座古雅的老教堂，羅門和蓉子喜結連理。婚宴上，舉行了前所未有的詩歌朗誦，所有的賀詩都刊登在同一天的《公論報・藍星周刊》上，該刊的主編就是覃子豪，他同時發表了賀詞，以「勃朗寧夫婦詩人」美言二人的結合……從

1　〔美〕威爾・杜蘭特著：《歷史上最偉大的思想》（北京市：北京中信出版社，2004年），頁6。

此，不脛而走，「中國勃朗寧夫婦」、「東亞勃朗寧夫婦」，一直叫到現在。一九六六年十二月，羅門和蓉子被UPLI譽為「中國傑出文學伉儷」，獲頒菲律賓總統馬可仕金牌獎。一九七四年六月，獲印度「世界詩學會」頒發的「東亞傑出的中國勃朗寧夫婦」的榮譽獎狀，這個稱號更得到多方面的確認，其輻射面和影響力已超出了中國的範圍。

儘管如此，筆者還是特別喜歡並極力推崇「中國文學傑出伉儷」這個稱號。我這樣說，絲毫沒有貶低前行代詩人和不少機構以及眾多文學評論家的意思，正是他們的首肯和期許，為羅門、蓉子夫婦亮出了路標，壯大了聲勢，加強了推力。羅門、蓉子之所以有今天的成就，在若干因素中這也是一個不可忽視的因素。我這樣說，也絲毫沒有貶低勃朗寧夫婦的意思，恰恰相反，作為英國十九世界詩歌代表人物之一的羅伯特‧勃朗寧（1812～1889）及其夫人、英國三大女詩人之一的伊麗莎白‧勃朗寧（1806～1861），過去是現在仍然是羅門夫婦敬仰的對象和參照的系數。王佐良在《英國詩史》一書中評價勃朗寧：「走著一條不同於丁尼生的詩歌道路，不追求優美流利，有時寫得很晦澀；不追求甜美的樂調，有時寫得很佶屈聱牙；不師事斯賓塞、彌爾頓、濟慈而師事多恩。如果丁尼生更多傳統性，那麼勃朗寧更多現代性。」[2]在羅門的作品特別是幾首著名的長詩中，不是也可以看到這樣的軌跡和追求嗎？勃朗寧夫人在當時詩壇的名聲甚至超過她的丈夫，她對當時許多重要青商會問題（包括婦女的地位、家庭教育、童工）都發表了鮮明、強烈的見解，在蓉子的詩途不是也可以觸及到同樣的現實觀照和批判精神嗎？至於愛情詩在整個創作中所占的比例和份量就更不用提了，番草就直稱：蓉子的詩裡「充滿著一種寧靜的寂寞淺淡的悒鬱，這是李清照的氣質，也是勃朗寧夫人的氣質，

2　王佐良著：《英國詩史》（南京市：南京譯林出版社，1997年），頁360。

這是古今中外女詩人們傳統的氣質。」[3]

> 詩人們的唯一工作就是表現時代，
>
> 自己的時代，不是查理曼大帝的，這個活生生的
>
> 跳蹦、吵嚷、騙人、惱人、工心計、向上爬的時代……

這是勃朗寧夫人對詩的看法，她以這樣的主張駁斥了把她那個時代稱為「無英雄氣質」的卡萊爾，稱為「轉接的時代」的密爾，也間接地批評了已經寫了阿瑟王之死的丁尼生，在詩的當代性、現場感、人文關懷、藝術創新等問題上，羅門夫婦與勃朗寧夫婦有著共通或相近之處，但因為各自所在的時代不同，他們的詩藝也有所不同。

其一，感受重心不同。勃朗寧夫婦所在的時候，通稱維多利亞時代，其時限為一八三七年至一九〇一年，即維多利亞女王的在位時期，被認為是英國最強盛的所謂「日不落帝國」時期。它的工業生產能力比全世界的總和還要大，它的對外貿易額超過世界上其他任何一個國家，它的富庶足以使新老世界羨慕，使不少英國人陶醉。然而，頂峰也預示著衰落，富庶中隱藏著罪惡，財富的分配嚴重不均，貧富的對比非常明顯，人們的生存狀態有著天淵之別……這些負面現象均沒有逃過勃朗寧夫婦的詩眼，在堅持正義、平等、樂觀、向上的人生觀和藝術觀的同時，關注並解剖形形色色尤其是受壓抑而扭曲的靈魂，展現愛情、人生、宗教的不完美，便成了勃朗寧夫婦特別是勃朗寧的感受重心。羅門夫婦所在的二十世紀，是一個充滿動盪和劇變的不平凡的世紀，在人類歷史上，沒有任何一個世紀在變化的規模和深度上能與之相比。在這一百年裡，發生了兩次世界大戰，人類遭受了極為深重的災難；也是在這一百年裡，科學技術的發展和社會的進步

3　蓉子：〈晶瑩的珠串〉，《青鳥集》（臺北市：中興文學出版社，1953年）。

令人目不暇接,城市化的速度超過了以往任何一個時代。氣候失調,
生態失衡,物種滅絕,資源枯竭,將環境保護與可持續發展提到了議
事日程……所以,「戰爭」、「城市」、「自然」這幾個關鍵詞常出現在
羅門和蓉子的詩中,是毫不奇怪的。正是這幾方面的感受重心,使他
們的作品有別於勃朗寧夫婦的作品。

　　其二,藝術形式不同。飛白說得好:「傳統的詩只有客觀視角的
敘事詩和主觀視角的抒情詩兩類,前者從觀察者的視角敘述事件,後
者從體驗者的視角抒發感情。而勃朗寧創造的戲劇獨白詩把客觀性和
抒情性嫁接在一起,構成了奇特的視角和強大的張力,打破了傳統的
欣賞習慣。他的詩大都含有強烈的戲劇性衝突,但不是從敘事的外部
角度顯示的,而是從獨白者暴露情感活動的內部角度顯示的,這種與
抒情詩相仿的第一人稱視角吸引讀者『入乎其內』,去體驗獨白者的
心理;但由於戲劇環境和獨白者形象的獨特或怪異,又使得讀者難以
和他(她)認同,於是又不得不變化視角,對他(她)保持間離或甚
至對他(她)諷刺、批判,這又迫使讀者『出乎其外』。」[4]《我的前
公爵夫人》、《聖普拉西德教堂的主教吩咐後事》、《懺悔》等就是這一
獨特形式的作品。勃朗寧夫人的詩,涉及廣泛的議題,影響了許多同
一時期的詩人,包括勃朗寧。她不僅有《葡萄牙人十四行詩集》這樣
的愛情詩,還有《奧勞拉·莉》那樣的敘事長詩,以及《「吉第居」
窗前所見》(盼望意大利擺脫奧地利帝國的統治)那樣的社會性強的
詩集。相對而言,羅門夫婦多數寫的是抒情詩,較少敘事詩,但他們
的抒情詩又非同一般的吟風誦月感時抒懷的抒情詩,或稱「小詩」
(與行數多少無關),儘管這類作品在他們的筆下並不鮮見,但羅門
追求「大詩」、蓉子追求「組曲」的趨向是相當突出並值得我們要特

4　汪晴、飛白譯並撰文:《勃朗寧詩選》(深圳市:海天出版社,1999年),頁49。

別重視的。所謂「大詩」，重點不在事件，而在事件後面的精神背景；是通過濃縮的事件或精純的感觸，呈現人性的探索和心靈的遨遊，如以表現西方文化沒落與現代人精神衰竭的艾略特長詩《荒原》。羅門的貢獻在於他：他不受篇幅的限制，既有兩百五十五行的長詩《都市之死》，也有十一行的行詩《窗》，對馬拉美「詩（Poetry）是『真理』，是唯一能觸及到我存在的『門鈴』」的崇尚、知性與感性的完美結合，是他這種「大詩」的兩個明顯特徵。我這樣說，絲毫沒有貶低「小詩」（相對而言）的意思，無論「大」「小」，只要寫得好都是好詩，比較而言，「大詩」的難度更大，成功率更小一些。所謂「組曲」，原是音樂名詞，指若干短曲連為一體的管弦樂曲或鋼琴曲。其中各曲具有相對的獨立性。組曲有古典、近代之分。古典組曲又稱「舞樂組曲」，興起於十七世紀與十八世紀之間，是採用同一調子的各種舞曲連接而成，但在速度、節拍等方面互相形成對比。近代組曲又稱「情節組曲」，興起於十九世紀，從歌劇、舞劇、戲劇音樂或電影音樂中選若干樂曲輯成，有的根據特定標題內容或民族音樂素材寫成。蓉子的「組曲」最早見之於一九六九年出版的《維納麗沙組曲》，也是她運用這一藝術形式的最成功的範例。該組曲由十二首小詩組成，正如作者所言：「它們像十二扇隨意開闔的門，無論何時，打開其中的任何一扇，都能夠看到詩中主角維納麗沙部分的面影。」「那是一個孤困的生命向完美作無盡的掙扎！」「她生活在一個擾攘喧囂的年代，在不停地跋涉充滿風沙的長途，但不忘自我塑造。這是一組自我世界的描繪，自我靈魂的畫像，一組孤獨堅定的徐徐跫音。」[5]內在性、象徵性、音樂性是蓉子賦予「組曲」的特點，使得它有別於「組詩」。

5　蓉子：〈後記〉，《維納麗沙組曲》（臺北市：純文學出版社，1969年）。

　　其三，表現方法不同。勃朗寧詩的現代性無庸置疑，在浪漫主義
盛行的時代，他直接跳到了現實主義，幾乎是唯一寫當代思想和當代
生活的詩人，並且以口語入詩，大量採用窮街陋巷原生態的詞彙，與
自古以來就講究高雅的語言風格相悖。他還是唯一把心理分析的方法
運用到作品中來的詩人，直到幾十年後弗洛伊德的精神分析學才與之
作了接續與回應。羅門素有雄心壯志，一九九五年十二月他在北京接
受採訪時說：「我覺得一個詩人應該有打破一切條條框框去吸取一切
能為他所用的東西的勇氣和氣魄，因此，我不在乎現代還是後現代，
我只希望自己站在生存的真實時空裡，用畢加索三六〇度的掃描鏡，
把古今中外都當作材料，無論東西方，只要對詩有用，都是我的資
源。」[6]靈視，拼湊與離異，錯位與顛倒，擴展投射力與內涵性，是
他常用的方法。蓉子則注意古典與現代的結合、宗教與藝術的結合，
在這兩個結合中均略偏於前者，即古典與宗教，白描、雕塑、節奏，
漸層入境是她喜愛的手法，羅門夫婦與勃朗寧夫婦最大的不同，還在
於他倆將自己的創作理念化為了一首非同凡響的視覺詩，一件用各種
廢棄物與現成物組合構成的現代裝置藝術——燈屋！這是史無前例
的，也是獨一無二的。

　　正是基於上述的三個不同，筆者力主「中國文學傑出伉儷」的稱
號，可以突出中國的特點，顯示時代的特色，振奮民族的精神。像羅
門和蓉子這樣的文學伉儷，還有錢鍾書和楊絳、賀敬之和柯岩、湯一
介和樂黛雲等多對，我們完全可以比美世界並引以自豪。

6　羅門：《存在終極價值的追索》（臺北市：文史哲出版社，2000年），頁171。

二

　　羅門和蓉子都生於一九二八年。蓉子出道較羅門早，一九五一年
發表第一首詩《青鳥》，一九五三年出版第一本詩集《青鳥集》，至今
已有十三本詩集問世。羅門自白：「因為蓉子，我開始寫詩，因為寫
詩，我們在詩中相識相愛，成為詩人夫婦。」[7]他在一九五四年發表
第一首詩《加力布露斯》，一九五八年出版第一本詩集《曙光》，至今
已有十七本詩集、八本論文集問世。此外，還有《羅門創作大系》十
卷、《羅門、蓉子文學創作系統》八冊，研究羅門、蓉子詩的著作更
是不計其數。他們的愛情與他們的作品都已成為中國文壇的美麗的傳
說與風景。

　　為了實現心中的大目標，羅門毅然辭去高薪民航職務，提前十七
年退休，「讓每一秒鐘都屬於自己來股役詩與藝術，內心擁有到無限
且徹底的自由」。蓉子也於四十七歲時提前退休，專事創作。半個多
世紀來，他倆心無旁鶩，孜孜以求，詩風多次蛻變（如羅門由浪漫到
象徵到超現實到彼此互動的整體運作），詩質穩固堅實，始終保持著
激進、敏銳的先鋒狀態。半個多世紀來，他倆不受外界的干擾，即使
社會商業化、文學邊緣化、不時颳起海外移民風，詩壇不斷有人輟筆
改行，仍然立足臺灣，胸懷世界，安貧樂道，痴心不改。筆者有一次
問羅門，怎麼沒有兒女？是否孤獨？他指著滿架的著作、滿屋的資料
說：「這些都是我的兒女，我一點兒也不孤獨。」半個多世紀來，他
倆精心打造並不斷完善「詩國」，將創作與理論結合，把「燈屋」從
臺北擴大到海南等地，又在海峽兩岸乃至海外多次舉辦研討會、演講

7　羅門：《詩的歲月──四月四日難忘的這一天》。

會，不厭其煩地宣傳他們關於詩與藝術的理念，其影響與日俱僧。稱
他們為「現代詩的守護神」、「重量級的詩人」、「永遠的青島」、「不凋
的青蓮」，一點兒也不過分。

羅門曾經對詩與藝術的終極價值做過論述，如：「詩與藝術在科
學、哲學、宗教、政治……等學問之外，為人類創造了一門『美』的
生命的學問。」「詩能以最快的速度與最短的距離，進入生命與一切
存在的真位與核心，而接近完美與永恆。」[8]……，一共羅列了十七
個方面。羅門與蓉子的價值似可用同樣的方法論述與歸納，筆者以為
主要表現在詩、理論、宗教情懷這三個方面。

首先，是詩。

從大處著眼的宇宙意識，從當下出發的批判精神，可以說是羅門
在詩的選材上的兩大特點。這使他選擇並確定了自己的詩的四大主
題——

1.人類悲劇中最大悲劇的「戰爭」主題，代表作為《麥堅利堡》
（1960）；

2.生產力發展，科學與技術進步，必然要碰到的「都市」主題，
代表作為《都市之死》（1961）；

3.活在其中，心嚮往之的「自然」主題，代表作為《觀海》
（1966）；

4.與自我、時空、死亡密切相關的「存在」主題，代表作為《第
九日的底流》（1961）。

這四大主題，都是人類的根本問題，也是每一個人來到地球上不
能不面對的強大挑戰，羅門通過詩的表達，在相當大的範圍，相當高
的層面引起了強烈的共鳴和靈魂的震撼。

8　羅門：《存在終極價值的追索》，頁36-37。

　　如：《麥堅利堡》，記下了詩人在馬尼拉城郊目睹七萬座大理石十字架的感受。這些十字架，「分別刻著死者的出生地與名字，非常壯觀也非常淒慘地排列在空曠的綠坡上，展覽著太平洋悲壯的戰況，以及人類悲慘的命運」[9]。這感受是強烈的──如雷轟頂，猝不及防；又是悲劇性的──萬念俱灰，哽咽無言。正如題記所示：「超過偉大的／是人類對偉大已感到茫然」。這七萬個美軍是在第二次世界大戰中為自由、真理、正義而捐軀的，為了制止侵略、殘暴、非人道的戰爭，他們不得不投入戰爭，他們中的每一個人都稱得上偉大。然而人類（也是作者）卻感到茫然，因為他們成了「一幅悲天泣地的大浮雕　掛入死亡最黑的背景／七萬個故事焚毀於白色不安的顫慄」。這就接觸到了戰爭的本質：「在戰爭中，人類往往必須以一隻手去握住『偉大』與『神聖』，以另一隻手去握住滿掌的血，這確是使上帝既無法編導也不忍心去看的一幕悲劇。可是為了自由、真理、正義與生存，人類又往往不能不去勇敢地接受戰爭。」[10]這就構成了悖論，深刻地表現了人的兩難狀態。在羅門以前，寫戰爭的詩可謂汗牛充棟，數不勝數，但卻很少有人像羅門這樣深入地探討人的不幸和悲慘境況，並把人的這種不幸和悲慘的一面與人的偉大和高貴的一面相對照，這就特別使我們驚心動魄了。這使筆者自然地聯想到帕斯卡爾的一段話：「偉大、可悲──隨著我們所具有的光明愈多，我們所發現人類的偉大和卑賤也就愈多。普通人──那些更高級的人：哲學家，他們使得普通人驚異；──基督徒，他們卻使得哲學家驚異。」[11]沒有對人的本性的透澈認識及形而上的哲學思考，是難以讓讀者驚異的；同樣重要的是──沒有對題材的獨異感受及創世紀般的造像能

9　　《羅門創作大系〈卷一〉戰爭詩》（臺北市：文史哲出版社，1995年），頁43-44。

10　同前註，頁44。

11　〔法〕帕斯卡爾著，何兆武譯：《思想錄》（北京市：中國國際廣播出版社，2009年），頁115。

力，「驚異」二字也是無從談起的。像「煙花節　光榮伸不出手來接你們回家」，「血已把偉大的紀念沖洗了出來」，「凡是聲音都會使這裡的靜默受擊出血」，「麥堅利堡是浪花已塑成碑林的陸上太平洋」，「太平洋陰森的海底是沒有門的」這樣的句子，即使從藝多年的詩人也不一定寫得出來。何況他還有哭與笑的對立、冷與熱的對立、靜與動的對立、死與生的對立、人與神的對立、小與大的對立，將讀者的神經繃緊到極至，其藝術張力與審美效果都是空前的！難怪美國女詩人凱仙蒂・希兒（Hyacilnthe Hill）稱「羅門的詩有將太平洋凝聚成一滴淚的那種力量」，另一位美國詩人高肯（W. H. Cohen）寫道：「羅門是一位具有驚人感受性與力量的詩人，他的意象燃燒且灼及人類的心靈……我被他詩中的力量所擊倒。」還有許多知名的中外詩人對《麥堅利堡》給予了衷心的祝賀與高度的評價，該詩被UPLI國際詩人協會譽為世界偉大作品，獲菲律賓總統金牌詩獎是當之無愧的。比較而言，寫於一九九一年八月的另一首詩《一直躺在血裡的「麥堅利堡」》，無論在意象的燃燒性上、視覺的衝擊力上、心靈的震盪度上，都比三十年前的《麥堅利堡》遜色得多，儘管詩人的人生歷練更加深湛，表現技巧更加成熟，語言把握更加圓融。這也使我想到中國的書經王羲之號稱「天下第一行書」的《蘭亭集序》，他是乘興而書，興盡再寫已不可得，看來藝術也是一種機緣，精品特別是神品只可遇而不可求。

　　如：《第九日的底流》，緣自貝多芬的《第九交響曲》，也是羅門將詩與藝術視為自己的宗教的開端。《第九交響曲》是樂聖貝多芬的登峰造極之作，他十九歲時就準備把德國詩人席勒的《歡樂頌》譜成音樂，可是這一願望直到他去世前兩年才完成。回顧大師曲折而坎坷的一生，他所經歷的種種痛苦和不幸，這該是怎樣的一份人生感悟！

羅門卻在而立之年[12]體驗到了貝多芬的晚年之情、之思，借古典音樂之神鑄現代人之魂，不能不說是一種奇蹟！題記點出了此詩的主旨：「不安似海的貝多芬伴第九交響樂長眠地下，我在地上張目活著，除了這種顫慄性的美，還有什麼能到永恆那裡去。」顯然，只有「美」——按照詩人的觀念——才能到達「永恆」。在「美」之前為什麼要加上「顫慄性的」定語語？筆者理論：一方面是從音樂的性質出發，交響曲乃大型管樂套曲，由顫動而發聲；另一方面是從人的感覺出發，既是外在的更是內在的；既是器官的更是靈魂的。這裡用以分析的是一九九五年文史哲出版社《羅門創作大系》的版本，在一九九七年源成文化圖書供應社《中國當代十大詩人選集》中的《第九日的底流》題記還有最後一句：「還有什麼能使我一直留在心靈裡，去從事這種不朽的抒情工作呢？」一九九五版刪去了這一句（可能是嫌其過於直露吧？），但文意仍在詩裡。這表明：羅門認定詩與貝多芬的音樂一樣，能產生「顫慄性的美」，使精神向存在本身昇華，並與存在融為一體，不朽，永恆。這不正是對存在的表達嗎？《第九日的底流》由「序曲」和九個樂章組成。「當托斯卡尼尼的指揮棒／砍去紊亂」，羅門就把自己沉入一切的底層世界，從聆聽到默想，從外部到內心，從表象到實質。在此過程中，他接觸到時間：「純淨的時間仍被鐘錶的雙手捏住」，「人是被釘在時間之書裡的死蝴蝶」，時間受到機械的限制，人則受到時間的限制；他接觸到死亡：「當冬日的陽光探視著滿園落葉／我亦被日曆牌上一個死了很久的日期審視」，死才是人的最高限界，它迫使人正視生的意義；他接觸到禁錮：「禁黑暗的激流與整冬的蒼白於體內／使鏡房成為光的墳地　色的死牢」，

12　關於《第九日的底流》寫作日期，在《中國當代十大詩人選集》（臺北市：源成文化，1997年）注為民國五十年（1961）；在林耀德：《羅門論》（臺北市：師大書苑，1991年）的「羅門系年」說寫於1959年。

思想渴望自由，哀莫大於心死；他接觸到傷害：「許多焦慮的頭低垂在時間的斷柱上／一種刀尖也達不到的劇痛常起自不見血的損傷」，精神的痛苦，遠勝於皮肉的痛苦；他接觸到悲劇：「讓一種走動在鋸齒間探出血的屬性／讓一條河看到自己流不出去的樣子」，是生命的無常，抑或宿命的無奈？……總之，他從精神層面接觸到超越與深邃的一切，以至於「它們已成為我自己，我的感悟與體認」。[13]而「貝九」（貝多芬《第九交響曲》的習慣性簡稱，下同）的樂音則貫串於始終，成為燭照、透視這一切的強光：

> 鑽石針劃出螺旋塔／所有的建築物都自目中離去／螺旋塔升成天空的支柱／高遠以無限的藍引領／渾圓與單純忙於美的造型／透過琉璃窗　景色流來如酒／醉入那深沉　我便睡成底流……

這是第一章中的意象，詩人理想的圖像，由樂曲的螺旋形旋轉並上升而成塔，成美的造型。羅門的「第三自然螺旋型構架」理論即從此而來，超越山川生態自然（第一自然）、都市人造自然（第二自然）而達至藝術（第三自然），通向永恆，這是多麼迷人，多麼值得嚮往啊！

> 而在你第九號莊嚴的圓廳內／一切結構似光的模式　鐘的模式／我的安息日是軟軟的海綿墊　繡滿月桂花／將不快的煩躁似血釘取出／痛苦便在你纏繞的繃帶下靜息

這是第二章的後五行，「貝九」之光可以去除不快，撫平痛苦，給人安寧。

13　高歌：〈追索的心靈〉，《幼獅文藝》210期。

在你形如教堂的第九號屋裡／……／掛在壁上的鐵環獵槍與拐杖／都齊以協和的神色參加合唱／都一同走進那深深的注視

這幾行在第二章，海德格爾也說過，藝術就是對真理作品的創造性注視。[14]亦是羅門所謂的「深一層的看見」。[15]此外，還有第四章的「你的聲音在第九日是聖瑪麗亞的眼睛／調度人們靠入的步式」；第五章的「而在那一剎間的回響裡另一隻手已觸及永恆的前額」；第六章的「當航程進入第九日　吵鬧的故事退出海的背景／世界便沉靜如你的凝目／遠遠地連接住天國的走廊」……等，禁錮可以衝破，悲劇能夠抗衡，死亡不足畏懼，時間有望延長，永恆、天國可期，關鍵是趨向並進入詩與藝術，或謂詩化生命、藝術化生命。結尾「聽車音走近　車音去遠　車音去遠」，暗示這一追求不是一次性完成的，需要付出自己的一生。此詩不僅受到存在主義思想的影響，也受到超現實主義技巧的影響，注重主觀心靈的探索，將激情、想像和幻想的觸覺伸進非理性的領域，創造出「在那一林一林的泉聲中」、「整座藍天坐在教堂的尖頂上」、「滑過藍色的音波　那條河背離水聲而去」、「在眉端髮際　季節帶著驚慌的臉逃亡」、「驅萬里車在無路的路上　輪轍埋於雪」等眾多獨特、繽紛的意象，給讀者以大震撼，語言的避俗和精準也是很　了不起的。在形式上，則吸收了交響曲結構宏大、意蘊深廣、擅於概括社會生活和人類思想、具有戲劇性的特點，兼及貝多芬運用廣闊發展的動機、對比主題和富於動力的和聲等長處，嚴謹（每個樂章都是十四行）而自由（不是四個樂章而是九個樂章，加序曲共142行），繁複而單純。

「靜觀天宇而不事喧嚷」，從容「探詢靈魂成熟的豐盈」，是蓉子

14　〔日〕今道友信等著：《存在主義美學》（瀋陽市：遼寧人民出版社，1987年）。

15　同註13。

得天獨厚的氣質，這使她關注並書寫了以下六大題材——

　　1.青春，主要體現在第一本詩集《青鳥集》（1953），代表作為《青鳥》（1950）；

　　2.城市，代表作是《我們的城市不再飛花》（60年代初）、《我的妝鏡是一隻弓背的貓》（1962～1964）；

　　3.自然，代表作是《七月的南方》（1960）；

　　4.生命，代表作是《維納麗沙組曲》（1966.11～1967.1）、《一朵青蓮》（1968）；

　　5.時間，代表作是《當眾生走過》（1982）；

　　6.鄉愁，代表作是《古典留我》（1966或1967）。

　　蓉子正是以這六大題材組成了她的美之奏鳴曲。儘管堂廡尚欠宏大，力度稍嫌不足，但真純超過常人，也超過許多詩人，是純詩造就之人，也是造就純詩之人。蓉子的藝術精神是古典的，也是浪漫的，是知性的，也是感性的，尤其是在對美的感覺、捕捉、表現方面，簡直達到了精微、極致的程度，使得著名的九葉派女詩人鄭敏也情不自禁地贊道：「她的詩可讀性很強，而又有很深邃的內涵。用字飽滿、穿透而不誇張；色彩鮮亮，喚起視覺的形、色之感，而不造作。中文的優美韻味及高度的活力被自然地吸收到現代詩語中。」並得出結論：「美，不管在什麼時代，畢竟還是人們心靈的需要。」[16]

　　如：《我們的城市不再飛花》，詩題得自唐代詩人韓翃的《寒食》：「春城無處不飛花，寒食東風御柳斜。日暮漢宮傳蠟燭，輕煙散入五侯家。」此詩描繪了唐代長安寒食節這一天的景象。暮春時節，柳絮飛舞，落紅無數，按風俗家家禁火，惟宮廷宦官傳燭獨異，優先

16　鄭敏：〈讀蓉子詩所想到的〉，《從詩中走過來：論羅門、蓉子》（臺北市：文史哲出版社，1997年），頁259、257。

享受到這種特權的是:「五侯」之家,詩中以「漢」代唐,儘管作者本意未必在於譏刺,但意象的典型使人聯想到諷喻。蓉子的詩,可以說是對古典的現代轉換:「飛花」不再,占據空間、擠掉「御柳」的是「龐然建築物的獸」和「成群地呼嘯」汽車的「虎」;不是主體諷刺客體,而是客體(「建築物的獸——沙漠中的斯芬克斯」)「嘲諷」主體(「以嘲諷的眼神窺你」);不是一片迷人的春光,而是感覺被剝奪(「自晨迄暮/煤煙的雨 市聲的雷/齒輪與齒輪的齟齬/機器與機器的傾軋」),精神被剝奪(巨大的蛛網「網行人的腳步/網心的寂寞/夜的空無」),生命被剝奪(「時間片片裂碎 生命刻刻消褪⋯⋯」)⋯⋯「我們的城」已不是「春城」,而是「一枚有毒的大蜘蛛」,其場景、其氛圍、其色彩、其情調與韓翃之詩形成了多麼強烈的反差!城市化是現代化主要體現,也是人類社會發展的必然趨勢,但要以物欲的橫流、人性的異化、靈魂的腐蝕、古典美的消亡為代價,蓉子是不能容忍的。所以,在最一節,她如此寫道:

> 我常在無夢的夜原上寂坐/看夜底的都市 像/一枚碩大無朋的水鑽扣花/正陳列在委託行的玻璃櫥窗裡/高價待估。

十分顯然,蓉子的諷喻意識承續自韓翃等一類的古典詩詞,但她的批判精神卻強過〈寒食〉一詩,市場經濟固然解放了個人的主動性與創造性,促進了財富的增值,但也導致了傳統價值的失落、道德水平的下降、社會精神的危機。然而,這一切都是通過意象暗示出來的,詩人並未直說,讀者還可以想得更多,這就是蓉子的高明之處。

如:〈一朵青蓮〉,最能體現作者的抒情風格,影響最大,帶給她的榮譽也最多。這首詩的成功,得之於「靜觀」。所謂「靜觀」,乃是一種審美的方式,旨在對現實世界的超越和對本真世界的澄明。「虛」、「靜」是實現審美靜觀、達至審美觀照的途徑。老子有言:

「致虛寂，守靜篤，萬物並作，吾以觀復。」(《老子》16章)莊子
曰：「正則靜，靜則明　明則虛　虛則無　無則無為而無不為也。」
(《庚桑楚》)蓉子此詩未寫眾蓮，只寫一朵青蓮，雖無「接天蓮葉無
窮碧，映日荷花別樣紅」的闊大與明艷，卻有突出個體、重視自我價
值的現代性。因為每一個人都具有獨一無二的、與眾不同的特徵，這
種特徵構成了人的獨特的個性和本質，構成了人的真正的存在。此詩
的時間跨度為一晚一天，即從星夜到第二日的傍晚，雖有太陽但也僅
止於「夕陽」，反映出作者的審美取向：屬意於一種沉寒、寧靜、朦
朧的境界，塑造了一個溫靜、高潔、堅毅的自我。全詩只有四節。第
一節寫青蓮的位置：「在水之田／在星月之下獨自思吟。」儘管孤
獨，但是寧靜(「有一種低低的回響也成過往」)，不能「仰瞻」太
陽，她就「仰瞻」「沉寒的星光」，絕不自暴自棄。第二節寫青蓮的氣
質：「有一種月色的朦朧　有一種星沉荷池的古典／越過這兒那兒
的　潮濕和泥濘而如此馨美！」短短的二行三十五個字，抵得上宋代
周敦頤《愛蓮說》的一百一十九個字。當然宋周文是源，此詩是流，
蓉子追求的「古典美」，正是起自周文以至更早的《詩經》、《楚辭》
所開創的人文傳統和文人品格，這種「本體」足可「觀賞」，這種
「芬美」是可「傳誦」。這朵青蓮由於不從流俗、不受污染、潔身自
好、返樸歸真，也就是實現了「虛靜」，促成了第三節人與蓮與人的
合一，亦即天與人的合一：

> 幽思遼闊　面紗面紗／陌生而不能相望／影中有形　水中有影
> ／一朵靜觀天宇而不事喧嚷的蓮

有實景，有幻想，有理性，有非理性，既是詩的宣言也是自我的重
塑。正因為如此，第四節寫青蓮超越了現實生存，步入了理想境界：

　　紫色向晚　向夕陽的長窗／儘管荷蓋上承滿了水珠　但你從不哭泣／仍舊有蓊鬱的青翠　仍舊有妍婉的紅焰／從澹澹的寒波　擎起

全詩虛實相生，動靜得宜，理趣與情韻並重，神性與詩性合一，有此傑作在手，此生無愧無悔。

三

　　其次，是理論。

　　羅門至今已出版論文集八本，他是以「詩人」而非學者的身分來寫詩論的，他寫過不少的畫評、影評、樂評等藝術論；在詩人與學者中，像他這樣將「詩」與「藝術」聯繫在一起（談詩必談「詩與藝術」），甚至融合在一起的十分少見；其理論的階段性、獨特性或原創性、綜合性也非常明顯。

　　羅門是先寫詩後寫詩論；先寫一首首具體的詩（Poem，可數名詞），後寫詩學總稱的詩（Poetry，不可數名詞）。這兩點很重要，是我們分析羅門理論的前提。在《詩人的心靈世界──蕭蕭VS・羅門》（載《臺灣詩學季刊》，1995年3月）一文中，羅門暢論與洛夫的異同，其中提到：「彼此都顯然是直接以『生命（與心靈）』非以『文人』與『智識』的心思來寫詩，可說是都向『生命』與『藝術』作雙重投資的詩人。」「都同時透過詩創作的經驗與體認，以『詩人』非學者身分寫詩論。」這表明羅門是論從詩出，避免了部分學者脫離實際、從概念出發，在理念上兜圈子的毛病，直接進入生命、進入心靈，少走了不少彎路。當然，詩以論成則不能那麼絕對，因為詩由情、理、美、非理性四極構成，受不得條條框框的束縛，羅門後期詩

中有少數件品理性偏枯、神韻不足，受論之制是原因之一。

關於「詩」與「藝術」的關聯性，羅門如此寫道：

> 由於詩人與藝術家的心象世界是相通的，因為藝術與詩在創作
> 上，必有彼此相映照與相呼應的地方。如抽象派畫家都贊同：
> 「自然的終點是藝術的起點；我們畫不過自然的本身，但可表
> 現自然。」又如蒙特里安說：「不往窗外看，用抽象的理念來
> 組合它，這就是絕對的抽象的表現。」……這些創作看法，雖
> 不完全同詩人在採取內在視力所探索的心象世界相一致，但彼
> 此奔向內在無限性與深廣度的精神境域，確是相近似的。再
> 說，目前所流行的新寫實畫派理論家史丹特（R. G. Dienst）強
> 調「新寫實的內涵，比自然主義更豐富」，以及凡茲霍爾
> （Frazroh）更認為「新寫實是奇特的（魔術的）寫實主義」，
> 這同詩人目前逼近現實層面愈趨向即物表現，在創作意念上，
> 多少是有共通之處的；又如「普普」與「拼湊」藝術，同詩中
> 運用多元意象的迭合表現，也是有共同性的；就是古詩中的
> 「枯藤／老樹／昏鴉／小橋／流水／人家……」不但早就運用
> 了拼湊藝術（Assemblage）的手法，而且運用了電影上蒙太奇
> 的手法；此外，像超現實畫家達利，把手錶畫成流體（因時間
> 是流動的），把手錶也畫在似手的樹枝上（因樹也在時間中成
> 長）──這種在有意識的錯覺中，所凸現的更為驚異的真實，
> 同詩人寫「黃河之水天上來」、「人在橋上走／橋流水不流」等
> 超現實表現的詩，也是有相互映照之處。」[17]

---

17 羅門：〈打開我創作世界的五扇門〉，《羅門論文集》（臺北市：文史哲出版社，1995
年），頁26-27。

羅門還以崇敬的心情不止一次地談到貝多芬的音樂，稱它「的確是人類精神世界中『真』實無比、威力無比的『原子彈』」，將「詩」與「藝術」並提、合在一起，就是極自然的了。「詩與藝術」詞組中的詩，正是Poetry，而不是Poem。

羅門詩論的階段性，可以一九七四年、二〇〇〇年為界限，劃分為三個階段——

第一階段　一九七四年以前，隨著詩風從浪漫（處女作《曙光》· 1958）到象徵、超現實（第二本詩集《第九日的底流》· 1963）的轉變，羅門發表了詩論《現代人的悲劇精神與現代詩人》。此文寫於一九六二年，次年（1963）收進詩集《第九日的底流》中。論悲劇成為這一階段的一個中心，另有《談虛無》（1964）、《現代作家與人類面臨的困境》（1969）、《心靈訪問記》（1969）、《長期受著審判的人》（1974）、《人類存在的四大困境》（1974）。另一個重心是論現代詩，如，《對『現代』兩字的判視》（1964）、《現代詩的精神特質》（1968）。

第二階段　從一九七四年七月開始，在此月出版的《創世紀》詩刊三十七期，發表了羅門的論文《詩人創造人類存在的第三自然》。在此基礎上，他進一步探索擴大，成為「第三自然螺旋型架構世界」。闡述這一理論的文章，有《「第三自然螺旋型架構」的創作理念》、《從我「第三自然螺旋型架構」世界對後現代的省思》等。除了這個重心以外，是繼續論現代詩，他從正面穿越現代都市文明之空間出發，強調詩的「現代感」與「多元性的藝術表現」。見之於《時空的回聲》（德華出版社· 1982）、《詩眼看世界》（師大書苑出版社· 1989）二本評論集中，以及《觀念對話——林耀德訪問羅門》（1988.5）、《傳統、現代與後現代訪談錄——陳旭光訪問羅門》（1995.12.8）等訪談錄。

　　第三階段　從二〇〇〇年開始，羅門企望在地球上做「非寫」的一首詩（Poetry，非Poem），詩名是《我的詩國》。這一創作構想與觀念，在二〇〇〇年首先提出，其意圖是在對「人與世界」「詩與藝術」的終極存在，找一個「美」的著落點。這是他半個世紀以來創作與理論的總結，是他來到這個地球上要做的唯一的一件大事。關於《我的詩國》的觀念與構想，林耀德準備以專訪的形式予以披露，可惜林英年早逝，羅門只好以《我虛擬中的「詩國」訪談錄》為題，先後在菲華《商報》二〇〇四年九月十六日、九月二十一日與《掌門詩學》二〇〇五年四十期上發表，並於二〇一〇年成書出版。這是中國詩壇乃至中國文學界的一件盛事，筆者在此表示熱烈地祝賀！

　　以上三個階段，構成了羅門獨自機杼有別於他人的、科學的、完整的詩學體系。

　　羅門詩論的獨特性或原創性，表現在——

　　關於悲劇精神的思想，是圍繞著他的詩創作的四大主題——「人面對戰爭」、「人面對都市文明與性」、「人面對自然」、「人面對死亡與永恆的存在」而引發的，逼使他從心底裡叫喊出「生命最大的回聲是碰上死亡才響的」，「只有存在於悲劇中，方能確實了解偉大與永恆的真義」。這是對悲劇實質的最好把握，也是對悲劇意義的最佳表現。

　　關於「第三自然螺旋型架構」的理念，羅門提出的時間最早，影響也最大。他將「自然」分為三類：「第一自然」是田園型的生活空間：「第二自然」是人為的都市型的生活空間（或稱機械與物質文明展開的生活空間）；「第三自然」是詩人與所有的文藝作家的內心世界，由於不滿足於第一與第二自然兩大現實的生存空間，故將之提升與轉化為更富足與具有生命美的內涵的「第三自然」。「第三自然螺旋型架構」是透過創作心靈同第一自然與第二自然多元性存在與變化的現場景況，經由詩的穿透力、轉化力與提升力所進行的超越，既有尼

采正面介入引起衝突產生的悲劇性，也有東方傳統的靈悟與自然觀，是物質與精神的辯證、客觀與主觀的循環、西方與東方的交匯。在這裡，特別要注意「螺旋型架構」的幾何造型形態與符號，既不同於單面存在的穩定的圓形，也不同於單向直指頂端的冷峻的三角形，而是融合圓形與三角形進入多向度多面性的活動層次與秩序，並包容有衍生的變化的圓形與層層向上升愈推進的三角形的銳點所形成的造型世界，也是無形中在進行著統合人類文化思想中的「感知」與「理知」、「靈運」與「理運」活動空間相渾成的造型世界，還是掌握「演釋」與「歸納」、兼有「微觀」與「宏觀」、進入「深度」與「高度」的造型世界。不能不讓人感嘆：這真是一個天才的創造！

關於詩創作的「現代感」，這是羅門一貫的強調。「因為『現代感』深一層的意義，不只是要我們去看一架起重機是如何把一座摩天大樓舉到半空裡去的現代文明景觀；而更是要我們全人類的心靈，在焦慮中等待與守望著下一秒鐘的誕生；因為下一秒鐘將為我們在已有的一切中，帶來一些過往所沒有的新的事物。」[18]從而影響詩人在觀察事物與生命時，採取不同於往昔的視向與審判的態度，運用新的材料與方法，導使創作邁入新境，呈示存在新的美感形態與秩序。羅門同時指出：「『現代』如果沒有『都市文明』便絕對現代不起來。」他發現「都市」所主控的強烈的移變的「現代感」，同創作者所使用的表現媒體，在活動時所顯示的形態、形勢、動變與創作思維空間的前衛性與新創性都含有極度的互動與激化作用，也給詩的語言提供了足夠的環境與新的可能。這對他的「都市詩說」的形成與都市詩的創作具有劃時代的意義。羅門在《對「現代」兩字的判視》一文中的結

---

18 羅門：〈詩與我·代序〉，《在詩中飛行·羅門詩這半世紀》（臺北市：文史哲出版社，1999年），頁25。

語：「作為一個具有創造與展望的中國現代詩人，他首先必須是一個
領受過中國有機傳統文化的中國人，同時他必須是一個顯已生存現代
環境中的現代中國人，同時他也必須是一個關心到全人類存在的現代
世界中的人，最後他更必須是他獨特的自己，唯有站在這一完整與復
迭的精神活動層次上，才可望在詩的創作世界中，創造出那獨特且感
人與偉大的現代作品來。[19]也很經典，發人深思。關於《詩國》的觀
念與構想，可以說前所未有，屬徹頭徹尾的原創，因為下文要分析，
這裡只提一句。

　　羅門詩論的綜合性，在於他把「詩」文學的半球與「藝術」的半
球合為一完整的藝文「地球」，可先從他的「燈屋」、後從他的「詩
國」見出——

　　「燈屋」的念頭起自於一九五五年羅門為新婚之家製作的形如
「燈塔」的巨燈，顯形於一九七四年在現在居住的泰順街八號四樓。
他利用包浩斯觀念，以雕塑、建築與繪畫三種視覺力量，把整個住家
以裝置藝術，納入具象、抽象、超現實、達達、歐普、極簡、硬邊、
環境、造型、立體等多元藝術手法，製作為一綜合性的生活造型空
間。從整體看來，它除了是一件裝置藝術作品（人稱「臺灣裝置藝術
的始祖」、「環境藝術的第一殿堂」），也是一首具體可用眼睛來看的視
覺詩。它不僅使實用的生活空間成為藝術的生活空間，還是羅門的一
些創作理念與觀念的實驗室。如：強調詩人與藝術家的「主體性」，
「他應該以開放的心靈，去吸收世界上美好的一切，同時要有融化與
轉化一切的能力；將所有已出現的藝術與流派以及『古、今、中、
外』等時空狀況，均視為材料。」認為藝術創作者，「應是創造方法
的；而不是被方法創造的，至少也應將任何『方法』視為材料，在創

19　《羅門論文集》，頁75-76。

作時，將之溶化予以全新的再造生命呈現，具有自我的特色與風格。」在純粹造型符號中，「任由方形、長方形、三角形與圓形，自由的組合，交迭與運作，以達到造型的存在與變化，而加強與繁富視覺空間活動的美感效果。」[20]……等，多行之有效，促進創作。難怪羅門在〈「燈屋」與我〉一文中寫道：

> ……當所有的燈，隨著泉水般的音樂，以不同的光影投射在天花板與牆上，同壁間色彩鮮明的畫，交映成可見的交響曲，此刻，如一人獨坐沉思，會不會浮來「森林人不知，明月來相照」的情境；如和一群朋友夜談，會不會有一隻燈火通明的遊艇，載著活語笑聲，浮過鍍著月光的威尼斯水城。如果夜再深再靜下去，我與蓉子仍在詩中沉思：「燈屋」便會在想像中，變成了一隻在光之旅中，向茫茫時空航行的船，並一路讀著這段詩：「在無邊的時空之旅中／眼睛帶有畫廊／耳帶有音樂廳／什麼行李也不必帶了／這樣　雙手可空出來指天劃地／雙腳可舒放在天地在線／頭可高枕到星空裡去／把世界臥成遊雲／浮著光流而去／日是堤／月是岸／登步上去。光就住那裡／那裡就是『燈屋』……」[21]

這是多麼自由的翱翔，這是多麼美好的享受，這就是「前進中的永恆」！

「詩國」是「燈屋」的擴張、開拓與提升，是羅門創造的兼具外在與心靈兩個層面的藝文「地球」。且看創造者自己的解說：

> 首先我必須說，因為「美」是一切，是世界的核心，「詩國」

20　羅門：《燈屋　生活影像》（臺北市：文史哲出版社，1995年），頁2-3。
21　同前註，頁91-92。

便是為「美」而存在，也就是以詩與藝術之「美」，在我內心「第三自然」世界所建構的一件「心靈工程」藝術作品或一具體可見的視覺「詩（Poetry）」；再就是基於美的「詩國」，不是只限於以寫一首或一百詩的「美」來形成，而是以「詩（Poetry）」去溶化「詩文（Poem）」，繪畫、造型、建築與音樂各方「美」質，與以具象、抽象、超現實、超寫實、立體、普普、達達、裝置、拼湊、環境、地景與包活斯觀念……等所有藝術手段，並打開古今中外的時空範疇，納入世界上所有能轉化為「美」的媒體材料，來全面為展現在「第三自然」N度無限空間的「美」的「詩國」──這理想的詩藝術「建築工程」去運作。

因此，這件具體可見的第三自然「詩國」藝術作品，便具有它存在非常不同的特異性──它不是單面呈現繪畫的畫畫美或雕塑的造型美、建築的架構美，以及「詩（Poem）」與音樂之美……而是如上面說的，讓「詩（Poetry）」將與這諸多之美，全然統化成整體之「美」，來鎔鑄這一具體可見的「詩國」藝術作品。至於它展示的場地，既不適合在有圍界的畫廊、美術館，同時也不像我與蓉子精要的著作資料收藏存覽在臺灣現代文學館文資館與美國兩所大學圖書館；也不像我五首詩（Poem）分別與藝術家造型作品一同發表在臺灣土地上的某處；當然也不像國內外後現代的公共藝術在規劃的「特定」空間展出，也不像地景藝術（Land Art）大師克利斯多（Christo）將大自然特殊美的部分，割下一塊，當作一件藝術作品在原地展出；也不像是在三十種雜誌、海內外十多種報紙與三家電視台報導的「燈屋」所處的泰順街；而是在觀念中，超越目視空間，展覽在內「第三自然」無限開放的境域，展覽在沒有地圖

界線的「地球村」，展覽在永恆的時空。[22]

由此可知：羅門的「詩國」具有集大成、超時空、融靈肉的特點。他還具體設計了進到「詩國」的高速道（虛擬）、「詩國」的大門、照明燈柱（120座）、立體建築物（2座）、「詩國」的中心指標與宣示、《詩國交響詩》、《詩國訪問記》、《詩國》陳列館等，這真是一項宏偉的工程。不過，筆者也要貢獻一份意見，在《詩國》陳列館內，除陳列羅門、蓉子的作品與數據外，也應陳列中外優秀詩人與藝術家的巔峰之作及代表性數據，因為這項工程也是人類的工程。

相對斸，蓉子的詩論不及羅門的龐大和系統，她的詩見都體現在她的作品中，也有一部分寫在詩集的序、跋中，如：

> 我選擇《七月的南方》作為這個集子的名字，並不意指它是集中最好的一首詩，只因為我拙於為詩集取名字以及就某種角度來說，這首詩還多少有一些代表性，代表我嚮往的靈魂成熟的季節——智慧、繁茂與陽光照耀下的豐美；特別當「現代」將我推進一紊亂、不安與破碎的世界裡——一種屬於精神上的狀態，為要由紊亂恢復秩序，由不安回復寧靜和由破碎回到完整的渴念，遂引我去同和諧、永恆的大自然發生聯繫。[23]

這裡涉及到的就是詩的「現代感」，揭示的是精神的矛盾，整合直到成熟的過程。蓉子寫都市生活的目的，是要以有序代替無序，融城市文明與和諧、永恆的大自然中。

詩與藝術使生命產生耐度，在時間裡不朽。

22　羅門：〈我虛擬中的「詩國」訪談錄（下）〉，《商報》，2004年9月21日。

23　蓉子：〈後記〉，《七月的南方》（臺北市：藍星詩社，1961年）。

這是《蓉子詩抄》（1965）扉頁的題句，將「詩」與「藝術」聯繫在
一起，與羅門是一樣的。她提出了詩（與藝術）、生命、時間三者之
間的關係：詩使生命耐久，從而達到不朽。

> ……上集《維納麗沙組曲》本身是一組以維納麗沙為中心的連
> 貫的組曲；而分開來每一節仍是一首完整獨立的小詩，……但
> 它們形成的過程確如蚌中之珠，是一個人的心靈在感受外界沙
> 粒侵入的痛苦後於悠長的歲月中逐漸形成的，……面對這世界
> 激流的海洋，人得忍受無數次的波濤的衝擊，那不被海流捲走
> 而猶然保持靈魂晶瑩的便需忍受痛苦的沙粒！可是誰會想到那
> 光澤圓潤的珍珠竟是由這些令人極端不適的砂石吸收了痛苦的
> 淚水所形成而終於貴重起來！[24]

蓉子雖然說的是《維納麗沙組曲》的形成過程，實際上也是說詩的形
成過程。寫詩並不像某些人認為的那般輕鬆、簡易，而是生命的開採
與提純，靈魂的投射與呈現，必須經過衝擊、選汰與打磨，少不了寂
寞、不適與痛苦，當然也有隨之而來的成功與快樂。維納麗沙是蓉子
自塑、原創的典型形象，使人聯想到古典的維納麗沙與現代的蒙娜麗
沙，也確實展示了處於古典與現代矛盾衝突中的中國女性的心靈成長
史。其「孤絕中的勇氣　絕望中的意志」，其「單騎走向／通過崎嶇
通過自己　通過大寂寞」，其「自給自足　自我訓練　自我塑造／掙
扎著完美與豐腴」……簡直是精神的絕唱，人格的象徵！無怪乎有一
些評論家稱蓉子是「女權主義者」、「塑造出一個有男性特色的獨立女
性形象」，但蓉子說：「我不是站在兩性對立的立場，而是站在『人』
的立場。」她回答得多麼好啊！

---

24 蓉子：〈後記〉，《維納麗沙組曲》。

詩是一種對生活現象的探索，對生命本質的體驗。

……列車飛逝，轉瞬無蹤，但詩和藝術為我們留下生命過程中的某些經驗：那兒有青春的笑貌，年少時的希望和憧憬，中年時的沉思和憂勞，以及老年時是否變得更智慧？！世界並非如少年時所想望的，充滿了美、秩序與和諧──現實本來就不是那樣圓滿的。因此需要詩人從殘缺粗糙的現實中提升起來，經過剪裁、變化，再賦予美和秩序。這往往令創造者心力交瘁。[25]

這是對詩的本質的認識，浸透了蓉子的藝術實踐與人生感悟。詩是對現實殘缺的彌補與提升，這使筆者想到了文首提到的勃朗寧夫婦，蓉子與他們的差別在於著重的不是彌補，而是提升，是「美和秩序」。

詩是和生命同步的，在我漫長的生命歷程中，可說一直流露著對生命、大自然、人與社會以及種種事物真摯質樸的關懷，直到現今我仍抱持這樣的信念，那便是：詩在達到了藝術表現技巧的同時，也必須流溢出真實人性的慧悟與靈思。[26]

這裡的「生命、大自然、人與社會」，和前面提到的「時間」，就是蓉子詩的四大主題，而統帥這四大主題的信念則是：「流溢出真實人性的慧悟與靈思。」因此撥動了廣大讀者的心弦。

……而時間這事物同樣令人感到無奈，因人無法掌管時間，我們所能擁有的也只是脆薄的一種「紙上歲月」，且每一個人有其特定的被允許的「作業時段」，你只能在屬於你的時段中出

25　蓉子：〈自序〉，《這一站不到神話》（臺北市：大地出版社，1986年）。
26　蓉子：〈序言〉，《千曲之聲》（臺北市：文史哲出版社，1995年）。

場，過時立刻讓位給後來者。因此，人必須珍惜屬於自己的時間，在分配給一己的紙上耐心地作業，才能獲得一點成績——那成績或許就如《日往月來》這首詩所說：「生命在不尋常的苦難中節節拔高／那寒冽的鋼刀／就如此／雕琢出近乎完美的魂魄」。[27]

在二十世紀快要結束的一九九七年春，蓉子又一次談到時間，體現得更為突出的是詩的歷史感，與詩人的責任心。這不光是她個人的體認，也是對所有詩人乃至人的要求。意味深長，令人扼腕。

四

第三，是宗教情懷。

這是人類最高的情懷，它以「人與無限」的關係為基礎，以對「終極的存在」的追求為中心，以將神性與人性的結合為途徑，以真、善、美的極至為旨歸，從而得到一種神秘的體驗與精神的境界。因為人的生命是有限的，正是這「有限」性使他與「無限」、「永恆」、「不朽」發生了聯繫，成為唯一為追求「終極的存在」而奮鬥的生物。這「終極存在」可能是上帝，也可能是家園。神性是全能、全知的代名詞，人性是倫理道德、自我完善。真、善、美一旦趨近甚或達於極至，便可衝破（儘管是瞬間的）時間與空間的限制，進入到一種（哪怕是精神上的）「天人合一」的狀態。

宗教情懷包含具體的宗教信仰，但更多的是指一種泛宗教的思想感情。它與人的根本欲望（這欲望潛藏在所有的欲望中）即「自在——自為」有關，也與現實不能滿足這一根本的欲望甚至相反有

---

27 蓉子：〈自序〉，《黑海上的晨曦》（臺北市：九歌出版社，1997年）。

關。它既是對理想的呼喚，也是對現實的超越。詩人可以沒有宗教身分，但不能沒有宗教情懷，遺憾的是這正是我們的詩壇的一個弱項，少的是凌空蹈虛的覺醒，多的是斂翅在地上爬行，要提高詩人的素質、昇華詩的品位、推動新詩的發展，就必須從此入手，於此著力。值得高興的是，羅門和蓉子都是極具宗教情懷的詩人，他倆為我們提供了這方面的寶貴經驗，但二人的特點又有所不同。

羅門關於「宗教」的論述不少。如：「首先我們應肯定宗教也是一種『思想』，它是用智慧來追究生命存在終極意義與價值的一種思想，」他以「詩眼」（羅門自注：「詩眼」是動用「肉眼」、「腦眼」與「心眼」三種眼所混合的總視力來看「人」與「世界」）觀察陶淵明與王維他們詩心中的「美神」、貝多芬音樂中的「美」神，無形中皆近乎他們所嚮往的一種「宗教」[28]。再如：「我發現自己要做的詩人——是做對『生命』與『藝術』進行雙重投資的詩人（就同時重視詩的『主體性』與『本位性』的詩人）；一是做具有原創性以及具有個人特殊風格的詩人；一是做對詩是始終專誠、懷有宗教情懷、將生命全投給詩與藝術的詩人；……」[29]然而，最有代表性的是《詩眼看大知大悟的智能型布道家——唐崇榮》一文，他不僅回顧了自己的宗教情懷，也點出了他與蓉子的異同：

> 將回憶的鏡頭打開，看到蓉子從小一路上是虔誠的基督教，半世紀前我們在教堂結婚，幾十年來，她一直希望我成為基督徒，勸我做禮拜，在教堂要我多次像一些人接受牧師禱告成為正式的教徒，我一直辜負她的好意；雖有時也在禮拜天同她上

28　羅門：《長期受著審判的人》，增訂版（臺北市：環宇出版社，1998年），頁225-226。

29　羅門：〈詩與我‧代序〉，《在詩中飛行‧羅門詩這半世紀》，頁34。

教堂，我都是有條件的，必須是特別有思想性的專人講道以及
高水平的佈道會，我才答應去，並說出一些她不是完全同意而
內心也對她好意有些內疚的話——我雖不同意有些人隨便否定
上帝的存在，我尊重任何人信上帝尤其是像蓉子，她從小那麼
虔誠信主的感人情形，但我仍認為自己在詩與貝多芬第九交響
樂中，對「完美」與「永恆」產生嚮往、膜拜與順從的心境，
已是無形中碰觸到那至高之美的神與上帝的實質存在……我說
的，蓉子總是回答我，透過詩與藝術信主，是達不到的，就這
樣我們的宗教觀，保持著某些異同性；我甚至將詩與藝術提升
為一門「美」的宗教，可美化哲學、科學、政治甚至宗教；並
在構想創造一個可同上帝「天國」相望的「詩國」作品。如
此，在這段時間裡，蓉子仍不放棄勸我信主，曾經有她兩位相
當好的牧師，其中有一位是博士也寫詩在美國波士頓用英文講
道，到燈屋來談信仰，結果是他們兩位對我用「詩眼」來看生
命與世界，都給予美言，認為我談話過程中，運用超越的美思
與想像力，是有助於內心通往神地的；但還是勸我最後信仰他
們心目中的「上帝」，不止一次的交談；我對他們都表示尊敬
與謝意，但我還是沒有完全接受他們的美意。

　　直到聽了唐崇榮牧師關於《生命價值的重建》的演講，羅門才茅
塞頓開。唐崇榮每周三都自國外飛來臺北懷恩堂傳教，羅門都盡可能
去聽，他寫「世界偉大的布道家——唐崇榮博士」「是因他確實有偉
大的智慧思想，能有說服力助長我信仰『上帝等同於真理、完美與永
恆的存在』」。

　　儘管如此，羅門的理論與他信仰之間還是存在著矛盾與差距，雖
然這矛盾不大、差距很小，但確實存在著。請看他如下的詩話——

所謂「永恆」，已並非上帝的私產，也不是用來贈給「死亡」的冠冕；它只是那些靠你心靈最近且不斷在記憶中發出回聲與使你永遠忘不了的事。

說我寫詩，倒不如說我是用詩來證實一種近乎神性的存在；詩與藝術已構成心靈同一切在交通時的最佳路線，並將「完美的世界」與「心靈」之間的距離拿掉。

如果神與上帝真的有一天請長假或退休了，那麼在人類可感性的心靈的天堂裡，除了詩人與藝術家，誰適宜來看管這塊美麗可愛的地方呢？

「詩」是內在生命的核心，是神之目，上帝的筆名。

詩與藝術在無限超越的N空間裡追蹤「美」，可拿到「上帝」的通行證與信用卡。

如果世界上確有上帝的存在，則你要到祂那裡去，除了順胸前面十字架的路上走；最好是從貝多芬的聽道，米開蘭其羅的視道，以及杜甫、李白、莎士比亞的心道走去，這樣上帝會更高興，因為你一路替祂帶來實在好聽好看的風景。[30]

從詩人在上面所提到的多項重大創造中（按：羅門列舉的重

---

30 以上6則均引自羅門：〈內在世界的燈柱——我的詩話〉，《羅門論文集》，頁236-244。

大創造為三：創造了「內心的活動之路」、創造了存在的
「第三自然」、創造了一門「生命與心靈的大學問」），我們
可看出詩的確是使人類與宇宙萬物的存在，懂得一種無限的
延伸，一種有機的超越，一種屬於「前進中的永恆」的存
在；同時也說明詩人終歸是在「上帝」的眼睛中為完美與豐
富的一切工作的，尤其是當諾貝爾文學獎得主海明威喊出了
這是迷失的一代；現代史學家湯恩比認為人類已面臨精神文
明的冬季，則詩人的存在，便更是人類荒蕪與陰暗的內在世
界的一位重要的救主了；……[31]

……在人與上帝之間，一個偉大的詩人——他是「智慧」的
卓越的領主，引領人到「人」的世界裡去；他是完美的「事
物」與「人」的設計者、製造者及其內容的判定與輸送者，
他活動在「人」與「萬物」的核心世界裡，追擊「美」，追
擊超越的「實在」，他與偉大的哲學家雖同時在處理一個以
「高度智慧，充分自由與覺醒人性」作基礎的絕對世界，但
哲學家工作的成果，是形成人類思想的確實的軌道，而詩人
工作的成果幾乎是形成人類靈魂呼吸中的氧，他更高的表
現，便是將「人」從冷酷的物理世界與不夠活潑的哲學世界
所製造的沉悶價值中救出，帶到一個充滿了「節奏」、「旋
律」與被「美」所監視的交感世界裡去——使人被一種渾然
與震撼力量所籠罩，使「人」在一面光潔的鏡上，看見真實
的自己與世界，所以我認為哲學家與思想家是在「人」的地
面上點燃火把的；詩人與藝術家便是將那純然的光輝帶到

31　羅門：〈打開我創作世界的五扇門〉，《羅門論文集》，頁9。

「人」的天國去同上帝的天堂爭光的，結果被批評家浮梅指出：「藝術與詩人終於要陷入與上帝競爭的罪孽裡」。[32]

從以上八則詩話，不難看出：羅門尊稱的上帝，不時要打上引號，有時「上班」（請原諒筆者用這個詞以表意），有時「請長假或退休」；有時與「詩」合一（以「詩」作「筆名」），有時與「詩」分開但相近、相連；詩人（與藝術家）或是人與上帝之間的中介，或是上帝的使者，或是救主、「生命」的另一個造物主（是不是與上帝處於同等的地位？）……當然，可以理解是在不同論述、不同語境下有不同的側重，但不一致的印象還是很難讓人消除，尤其是對「一神教」、世界性宗教來說，其信仰之主是否確有，是否存在，是不允許質疑，也不可能作客觀驗證的。羅門在另一篇文章《在21世紀，文學家如何面對人類存在的一些關鍵問題》中承認：他「的確是與教徒們信仰上帝的完美世界，有某些感通的，雖不一樣，但也近似『芳鄰』。因為他不同意「後現代」傳說「上帝不但已死，而且根本沒有上帝」；他理解尼采所說的「上帝已死」，「是基於人存在應對自我負全部的責任，用自己的作為，來證實自己的存在，不須把責任推給上帝，找上帝賜福與赦免」。因為他反對「目前世界，大家都向錢勢看，缺乏良知、良能，沒有原則與是非感」，「當『錢』帶著『眼球』滾動，『文化』被『消化』打敗，『空靈』有轉變為『靈空』的趨勢，原本是最需要上帝降『靈』的時候，而這些人的心靈之門卻反而深鎖，上帝既被拒於千里之外，對於這一群人來說，便根本等於不存在，也等於死了」。因為他發現「上帝在另一些地方與不少人的心中，不但沒有死，而且活在他們的敬仰與膜拜中」；這些人中，有大音樂家、大畫

32　羅門：〈現代人的悲劇精神與現代詩〉，《羅門論文集》，頁64。

家、大詩人、小說家、科學家、哲學家、政治領袖，還有眾多的信
徒……「持信上帝的存在，有助於人類性靈的深化，且對目前社會的
敗壞與歪風，有拯救改善的影響力」。[33]所以，我們可以說羅門不是一
個虔誠的教徒，但不可以說他不是一個有深厚、博大的宗教情懷的詩
人。

也正是這一點不一致，造就了羅門的全球意識與濟世之心，他的
「詩國」就是他以詩來拯救人類的主張與藍圖。他與公元前三百多年
希臘哲學家柏拉圖的「理想國」一樣蘊含著深刻的美學思想，都想力
圖給社會與人的心靈以和諧與安寧，理想的色彩均很濃烈，但有幾個
不同——

1.柏拉圖的「理想國」有嚴格的階級區別，社會執政者（貴族哲
學家）、武士（軍人）、勞動者（農業勞動者和手藝人）為序，分為三
個等級，智能、勇敢、節制是對三者的分別要求，國家的正義就體現
在各守其職、各安本分，這為極權主義的合法性提供了思維基礎；羅
門的「詩國」沒有這樣的階級區分，環境寬鬆、自由。

2.柏拉圖的「理想國」突出的是「善」，認為善即美，善與美有
時是一對可以互通的觀念，知識是倫理性的，其目的是達到善，因此
美的最高意義就在於成為知識而達到善的手段；羅門的「詩國」突出
的是「美」，這個「美」不只是表像性的美，而更是屬於精神與生命
內涵性的「美」，在詩人與藝術家具有高度轉化能力的內心世界中，
痛苦、寂寞與悲劇，也是具有感人的「美」的。其實，經過詩與藝術
轉化後產生的「美感」，已事實上含有「真」與「善」的力量。

3.柏拉圖的「理想國」貶低詩和詩人（及藝術家），因為柏拉圖
把事物分成三種品級：第一品級絕對永恆的理念，第二品級知覺客

33　羅門：《長期受著審判的人》增訂版，頁194-195。

體，是對第一品級即理念的摹仿，第三品級藝術，是對第二品級知覺客體的摹仿，第一品級是絕對真實、終極的，另外二種品級只是幻想而非真正的實在，摹仿的詩對於聽眾的心靈是一種毒素，詩人的工作性質和「產品」決定了他們的卑微；羅門的「詩國」則推崇詩和詩人及藝術家，具體言論已如前述，在此不贅。

　　4.柏拉圖的「理想國」偏重於現實，故喊出「畫一座橋，不如造一座橋」，羅門的「詩國」是基於「象內」，並「超出象外」，除贊同「橋」存在於現實絕對必要的實存與實用性，較著重「橋」的超現實，即存在於詩與藝術中無限自由的想像空間與美的內在生命內涵，也就是詩人與藝術家創造的「第三自然」視通萬里思接千載無限的生命景觀視域。

　　如果說羅門追求的「終極的存在」帶有更多的廣義性，那麼，蓉子追求的「終極的存在」則是具體的。

　　蓉子出生於基督教的家庭，父親是牧師，從小就受到古希伯來民歌、教堂的鐘聲雅樂的薰陶，接受了嚴格的宗教洗禮，養成了每天讀《聖經》做禱告的習慣，青少年時期，又經過一段戰爭的炮火、驪別與流亡……對上帝的堅定信仰，對苦難的從容應對，對詩美的深入開掘，對眾生的無私關愛，構成了她寧謐、虔敬又典雅、華美的一生。「我仰望——教堂的尖頂上，有我昔日凝聚的愛，信仰與希望，今夜的鐘聲復使它們飛翔。」（寫於1952年聖誕之夜）「就宗教和藝術的本質上來說：宗教家追求的是善，而藝術家追求的是美。然而『藝術』和『宗教』卻是最好的芳鄰，相互間常常產生很大的影響力。」（答《心臟詩社》柯慶昌訪問）「詩人只是為美工作的人。只有完全的欣賞者才能真正輕鬆地愉快地生活在詩的世界裡，享受詩境中的美。」「若我是翼我就是飛翔　是漣漪就是湖水／是波瀾就是海洋／是連續的蹄痕就是路徑／／從一點引發作永不中止的跋涉／涉千山萬水　向

你展示／無邊的視域與諸多的光影」(《詩》「仰望　更勝斧斤之姿　挺立／以成行成叢成片的井然／一齊指向天空——／為眾多意象協力的高舉／天空遂壯闊起來」(《眾樹歌唱》)……這些言論與詩句,都充分顯示了蓉子觀念與信仰一致的宗教情懷。

如果僅僅是這樣,我們只能稱蓉子是一個宗教詩人,而不是一個傑出的詩人。值得慶幸,更值得嘉許的是:蓉子的詩,不是艾略特所輕視的「那種誠心誠意要達到宗教的目的的人的作品,就是那些可以列入『宣傳』項下的作品」;而是艾略特「我所要的一種文學,應該是無意識地具有基督教性的,而不是存心和挑戰態度地做成這樣的」。[34]蓉子從不以詩宣傳基督教的教旨、教義,也不忌諱以含蓄、雋永的意象禮贊上帝,她的標準不是做一個布道的牧師,而是做一個優秀的詩人。蓉子十分注意把自己的信仰先融化在生活中,而不是直接說明她的信仰或觀念,她深知情感在詩中的重要地位,「但那不是一般生活中粗雜的感情,乃是經過轉化和提升了的感情。而宗教信仰,每每在無形中提升吾人的性靈,使人擁有一份高潔的情操,令詩有更美好的內涵和境界」[35]正是宗教家的博愛情懷,使她能超越個人生命的領域,而與人類與萬物相感通,她的詩才不至於囿於極端的、狹隘的個人主義;也正是宗教的博愛、涵容,使她理解了艾略特在《傳統和個人的才能》中所說的那句話:「當詩人面臨某種比自己更有價值的東西時,他必然會不斷地獻出自己。」[36]從而把有限的小我融化在大我中。蓉子還將中國「天人合一」的哲學傳統與她所接受的西方宗教思想結合在一起,探索一種新的表達方式,不過,這一努力收穫頗

34　艾略特:〈宗教與文學〉,《艾略特詩學文集》(北京市:國際文化出版公司,1989年),頁130。

35　蓉子:《心臟詩社》,柯慶昌訪問。

36　同前註。

豐，但也有一些生澀與待改進之處，畢竟《聖經》的手法（如寓理於景於境，暗含機鋒地說理）和「祈禱」的形式她更熟悉一些。

總之，羅門和蓉子為詩壇提供了兩個不同的典型，讓我們從宗教情懷（無論是廣義的或是具體的）切入，找到了中國新詩突圍解困的突破口及提高詩質和品位的新策略。海南大學的周偉民、唐玲玲二位教授（他們也是一對文學伉儷）研究羅門、蓉子多年（堪稱人生的奇緣，文壇的佳話），在一九九二年於臺北文史哲出版社出版了一部專著，稱羅門為「日」，蓉子為「月」，書名就叫《日月的雙軌》。這個名稱太好了，不僅概括了二人詩的不同風格（一個陽剛，一個陰柔），也可以涵納我在這裡講的觀念，中國文壇太需要這樣的雙軌了，就讓我們的新詩、我們的文學沿著這樣的雙軌前進吧！

附錄

羅門自述簡歷

　　從事詩創作六十年，曾被名評論家在文章中稱為：「重量級詩人」「臺灣當代十大詩人」、「現代主義的急先鋒」、「臺灣詩壇孤傲高貴的現代精神掌旗人」、「現代詩的守護神」、「戰爭詩的巨擘」、「都市詩之父」、「都市詩的宗師」、「都市詩國的發言人」、「知性派的思想型詩人」、「大師級詩人」、「詩人中的詩人」⋯⋯甚至在文章中被稱為臺灣詩壇的五大三大支柱⋯⋯。半世紀來，他不但建立自己獨特的創作風格；也提倡個人特殊創作的藝術美學理念：「第三自然螺旋型架構創作世界」。

　　曾任藍星詩社社長、世界華文詩人協會會長、國家文藝獎評審委員、中國文協詩創作班主任、中國雷射藝術協會發起人、世界和平文學聯盟顧問⋯⋯。先後曾赴菲律賓、香港、大陸、泰國、馬來西亞與美國等地（或大學、或文藝團體）發表有關詩的專題講演。

1958年　獲藍星詩獎與中國詩聯會詩獎。

1965年　「麥堅利堡」詩被UPLI國際詩組織譽為世界偉大之作，頒發菲總統金牌。

1969年　同蓉子選派參加中國五人代表團，出席菲舉行第一屆世界詩人大會，同獲大會「傑出文學伉儷獎」，頒發菲總統大綬勳章。

1967年　在美國奧克拉荷馬州民航中心研習，獲州長頒發「榮譽公民狀」。

1972年　獲巴西哲學院榮譽博士學位。

1976年　值美國建國二〇〇周年紀念，在美國華盛頓──巴特摩爾舉
　　　　行數十個國家的世界詩人大會，羅門蓉子應邀以貴賓出席此
　　　　次大會，在會上接受加冕頒為桂冠詩人，並接受美國之音專
　　　　訪。

1978年　獲文復會「鼓吹中興」文化榮譽獎。

1987年　獲教育部「詩教獎」。

1988年　獲中國時報推薦詩獎。

1991年　獲中山文藝獎。

1992年　同蓉子同獲愛荷華大學國際作家工作室（IWP）榮譽研究員
　　　　證書。

1995年　獲美國傳記學術中心頒發二十世紀世界五〇〇位具有影響力
　　　　的領導人證書。

1997年　曾應邀出席華盛頓郵報基金會與國際文化基金會在美國舉行
　　　　的「二十一世紀亞洲文學國際會議」、「二十一世紀西方文學
　　　　國際會議」與「二十一世紀世界和平國際文學會議」等三個
　　　　國際文學會議。

　　　　名列英文版「中華民國年鑑名人錄」、「世界名人錄」、「世界
　　　　名詩人辭典」及中文版「大美百科全書」。

　　　　著作有詩集十七種，論文集七種，羅門創作大系書十種；羅
　　　　門、蓉子系列書八種；並在臺灣與大陸北京大學兩地分別舉
　　　　辦羅門蓉子系列書研討會。

　　　　作品選入英、法、德、瑞典、南斯拉夫、日、韓，等外文詩
　　　　選與中文版「中國當代十大詩人選集」……等超過一百種詩
　　　　選集。

　　　　作品接受國內外著名學人、評論家及詩人評介文章超一百萬

字、已出版七本專論羅門的書。

作品選入大專教科書，選入臺灣與大陸出版的《新詩三百首》。

2010年　羅門創作近六十年的終端作品《我的詩國》正式出版，厚近一千頁，彩色圖片幾百頁，以典藏本規格發行。由北京師範大學文學院與「中國當代新詩研究中心」舉辦發表會，到有兩岸三地多位著名詩人學者批評家出席；除有北京五大報尚有香港大公報文匯報報導；看來獲得相當好的評價。

2012年　十一月在海南島舉行「兩岸詩會（詩歌高端論壇）」，頒發羅門桂冠獎，這是東亞華文詩壇首次舉辦的桂冠獎。

評論羅門作品

- 國立臺灣大學教授名批評家蔡源煌博士獲「金筆獎」。
- 國立師範大學教授戴維揚博士獲一九九五年國科會學術研究獎金。

研究羅門詩

- 研究生陳瑞芳一九九一年研究羅門等二位獲得東吳大學碩士學位。
- 研究生陳大為一九九七年研究羅門獲得東吳大學碩士學位
- 研究生張艾弓研究羅門一九九八年獲得廈門大學碩士學位
- 研究生湯玉琦研究羅門等四位臺灣現代詩人二〇〇〇年獲得加拿大阿伯答大學（University of Alberta）博士學位（英文論文）
- 研究生尤純純研究羅門二〇〇二年獲得南華大學碩士學位
- 研究生區仲桃研究羅門蓉子等五位臺灣現代詩人，二〇〇〇年獲得香港大學博士學位（英文論文）

- 研究生、呂淑端研究羅門蓉子二〇〇八年獲得教育大學碩士學位
- 研究生詹林益研究羅門二〇〇九年獲得淡江大學碩士學位

羅門作品碑刻

- 羅門作品碑刻入臺北新生公園（1982年）、臺北動物園（1988年）、彰化市區廣場（1992年）、及彰化火車站廣場（1996年）、臺中清水公共藝術園區（2004年）
- 羅門〈觀海〉長詩一百多行，二〇〇八年碑刻在海南島甲級觀光區大小洞天巨石上可能是詩世界的「金氏紀錄」
- 羅門除寫詩，尚寫詩論與藝評，有「臺灣阿波里奈爾」與「臺灣現代裝置藝術（Installation Art）」的鼻祖之稱。

蓉子自述簡歷

　　蓉子，本名王蓉芷。江蘇人，五十年代初正式走上詩壇，被稱為臺灣光復後現代詩壇第一位女詩人，一九五三年出版其引人矚目的處女詩集《青鳥集》為光復後第一本女詩人專集。此後陸陸續續出版《七月的南方》、《維納麗沙組曲》、《這一站不到神話》、《黑海上的晨曦》（1997）和《水流花放》（1988年）、《眾樹歌唱》（2006年）、《童話城》（2009年數位典藏新版）、《蓉子集》（2008年國立臺灣文學館）等共十九種詩的單行本。歷年來作品選入中文詩選近一百五十種選集，部分作品選入英、法、德、韓、日、南斯拉夫、羅馬尼亞等外文版詩選集。（散文及其他文類未計）有詩壇「永遠的青鳥」之譽。

　　曾擔任中國婦女寫作協會值年常務理事，青年寫作協會常務理事兼詩研究委員會主任委員，曾擔任中山文藝獎評審委員。曾擔任一九八九年亞洲華文女作家文藝大會主席。

　　曾同羅門選派參加中國五人代表團，出席菲舉行第一屆世界詩人大會、同獲大會「傑出文學伉儷獎」頒發菲總統大綬勳章。曾獲國家文藝獎、國際婦女年國際婦女桂冠獎、青協第一屆文學成就金鑰獎。中國詩歌藝術學會「詩歌藝術貢獻獎」等。

　　曾先後應聘擔任各公私立文化教育機構文學獎評審委員，曾應聘擔任「文建會」與東海大學合辦「文藝創作研習班」詩組主任。一九六五年曾以詩人身份同小說家謝冰瑩、散文家潘琦君，應韓國文化出版界之邀，組成女作家三人代表團赴韓，做了一次南韓全國性的訪問。一九八三年曾參加新加坡第一屆國際華文作家會議，初晤詩人艾

青、作家蕭勤和蕭軍三位著名的前輩作家。曾赴菲講學以及應邀赴香港大學、泰國與美國⋯⋯等地發表有關詩的演講。

　　一九九二年和羅門應邀赴美參加愛荷華著名的國際作家寫作計劃（International Writing Program）獲頒IWP榮譽研究員證書。一九九三年專程前往海南島海口市參加由海南大學和海南日報聯合主辦的「羅門、蓉子文學世界學術研討會」，與會的學者、作家、詩人分別來自美國、新加坡、馬來西亞、臺灣、香港和大陸等地。研討會中所提出的卅多篇論文，已於一九九四年由文史哲出版社出版成書。一九九五年，中國社會科學出版社。以「羅門、蓉子文學創作系列」為總題，陸續出版了兩人共八本系列書，並由北京大學、清華大學、海南大學和中國社會科學出版社等聯合召開「羅門、蓉子文學創作討論會」暨《羅門、蓉子文學創作系列》推介禮。本次討論會中的多篇論文以及會外由學者專家、評論家所執筆的數十篇論評均收集在一九九七年十月由文史哲出版社出版的《從詩中走過來》和《從詩想走過來》兩本論文集內。

　　作品接受國內外著名學人、評論家及詩人評介文章近八十萬字、已出版五本評論蓉子作品的書。三位研究生研究蓉子分別獲得學位。

　　作品選入國中、高中及大專國文教科書。名列英文版「世界名人錄」、「世界名詩人辭典」。

　　其本人則在二〇〇九年十一月，因在詩的領域內的長久努力和成就，榮獲由瑞典寄贈的「國際莎士比亞獎」。又二〇一〇年三月二十日有臺灣漢學研究院寰宇漢學講座，邀請斯洛伐克科學院教授，著名的漢學家同時也是重要的比較文學學者高立克博士（Dr. Marian Galik）假座國家圖書館，以「臺灣當代女詩人『蓉子』與聖經」為題發表演講其演講中有謂「關於中國現代女詩人——作為中國宗教、哲學以及文學價值的繼承者如何看待這部最富有智慧的希伯來的遺

產，會非常有『意思』」等語。

2011年　六月「蓉子作品研討會」由江蘇省作家協會主辦，漣水縣作
　　　　家協會承辦，大陸不少知名詩人作家學者……曾出席此次研
　　　　討會。與會者圍繞著蓉子作品進行深入研討。他們指出蓉子
　　　　是永恆美的創造者，青島代表詩人一生的追求。她的詩有現
　　　　代性又不失傳統美，具有童心、愛心、良心、詩意、情意、
　　　　這樣的三心兩意的美學價值；且認為詩人的愛超越性別，有
　　　　杜甫、屈原的情懷。同時蓉子的詩流露出溫馨的憂傷（這與
　　　　洛夫、龍應台不同），柔弱的堅強和生命中的哲思。更有學
　　　　者認為：對蓉子這樣的詩人，文本的解讀固然重要，但更要
　　　　將其置於中西詩學的比較中，置於大陸和臺灣的詩歌比較
　　　　中，放到漢語詩歌史的演進來探討其位與價值。

2012年　元月十七日「亞洲華文基金會成員在林忠良董事長帶領下特
　　　　從菲律賓來臺，假臺北市臺大校友聯誼社向享譽兩岸三地的
　　　　資深作家羅蘭，詩人蓉子致敬，並頒贈終身成就獎。按該活
　　　　動由亞洲華文作家基金會與中國婦女寫作協會，世界女記者
　　　　與女作家協會中華民國分會聯合舉辦。

後記

我是一九九七年九月十七日認識羅門的。

當年九月三日至二十一日，我參加中國文聯代表團訪問臺灣，沿著海岸線將寶島繞了一圈，於九月十六日下午五時回到臺北。這天正值中秋，不待我們回來一路的美景、一週的激動，又立即沉浸在歡樂、溫馨的節日氣氛中。先是在信義路二段易牙居飯店赴王吉隆的學生莊桂香女士宴請，後是去新店市安祥路名導演宋繼中家喝茶賞月並同藝文界人士聯歡，幾近通宵，這晚躺下時已是凌晨三點四十。睡了不到四個鐘頭，就被臺灣《創世紀》詩人張默叫醒，按照預定計畫，他陪我去泰順街8號4F拜訪羅門。

羅門的「燈屋」在四樓，樓下很普通，大門又小又窄。我們拾級而上，快到四樓時，見靠牆處豎有重疊如山的書架，每架之上毫不容空又秩序井然地擠滿了書，我頓時感到了知識的巨大份量，未曾進門就被裹餡進那濃郁的書香。進到房間卻不見一張書架、一本書，只見到滿屋子的方形矮凳，蓄著短髮、穿著短袖襯衫的羅門會意，隨手打開幾個凳蓋，原來書在凳中！不僅有書，還有一大本又一大本的圖片資料、剪報複印件和手稿、錄相帶等，不禁連聲稱奇。然而，最吸引我眼球的還不是這些，而是燈，各種各樣的燈，西方的，東方的，現代的，古代的，繁複的，簡易的，機械的，人工的……羅門抬手，不知道往什麼地方一按，所有的燈都打開了，不同色彩的光線從前後左右上下六方射來，頓時眼花繚亂，把我帶進了一個神奇的童話世界……

頂樓上是羅門的雕塑室，有許多形狀各異的物件，如：飯店的蒸籠、刑場的絞架、供人坐禪照相的設備、機器人、光速推進器、時空隧道等等，其中（也包括四樓的燈）相當大一部分是用廢舊物品或廉價材料製作的，體現了他的節能、環保思想與變舊為新、化腐朽為神奇的技藝。

回到四樓，敬過茶後，羅門就講開了。從「燈屋」的歷史，到來過「燈屋」的中外人士名單（他都有詳細登記，其中不乏我認識的大陸學者、作家）；從臺灣現代詩，到世界詩潮、世界詩歌史。譬如，他說他的「第三自然螺旋型架構」理論，是美學與生命的結合，是符號圖碼的意象化。他用圓形代表中國，以三角形代表西方，三角形框住了圓形，但圓形在不斷旋轉，螺旋式上升，終於衝破三角形，成為新的圓形。他說法國的貝爾對他的這一理論特別欣賞，兩次來臺灣與他交談；還有韓國、日本、美國的詩人、學者對他及「燈屋」的評價都很高，說著說著，他就翻開了那一大本又一大本的圖片資料、剪報複印件，以資證明……

羅門不斷地講，張默在一旁不斷地提醒：「龍先生中午還有集體活動……」羅門不得不剎車。臨別，他送我一套十卷本的《羅門創作大系》，和他在世界詩人大會上的發言。下樓時，我看了一下手錶，在「燈屋」足足待了一小時四十分鐘。儘管如此，羅門仍言猶未盡，在當晚《創世紀》詩刊為我舉行的茶聚活動時，又專程趕來，繼續對我談他的詩與詩論，又將一大包資料送我。羅門的熱情、執著與健談，給我的印象如他的「燈屋」一樣深。

從臺灣回來，我與他就建立了經常性的聯繫，他是臺灣詩人中給我寄書、寄資料頻繁者之一，更是打電話次數最多、他講話時間最長的一人。

　　二〇〇〇年二月八日至十七日，我寫了〈追索「前進中的永恆」——論羅門的詩歌藝術〉一文，在《臺灣新聞報》「西子湖」副刊二〇〇〇年五月一日至九日連續刊載了九天，後又發表在《藍星》詩學二〇〇〇年、即新春號、端午號。

　　認識蓉子的時間要晚一些（1997年9月17日那天她在國外不在臺灣），大概是二〇〇〇年秋，她與羅門參加旅遊團路過杭州，在賓館匆匆地見了一面。她的謙和、真誠、寧謐，在臺灣詩壇是有口皆碑的，初次接觸，果然名不虛傳。但仍是羅門說話多，她說話少，只在我起立行將告別之時，她——一個臺灣祖母輩詩人——才惴惴不安地問我：「龍教授，你給羅門寫了那麼精彩的一篇詩論，能不能也給我寫一篇？」我確實有點受寵若驚，忙答道：「可以，當然可以，你的詩我本來就很喜歡。」蓉子回到臺灣的當月，就給我寄來了她的詩集，其中不乏藏量極少的珍本。以後，又寄來一些創作資料。每次都有附信，筆致娟秀、工整，根本看不出她的實際年齡。

　　二〇〇二年四月八日至十日、五月一日至十二日，我寫了《蓉子論》，發表在《藍星》詩學二〇〇二年四期耶誕號與〇〇三年一期新春號。

　　二〇一〇年六月十九日，由海南省作家協會、海南師苑大學聯合舉辦的「羅門、蓉子六十年詩歌創作研討會」在海口市隆重召開，我應邀出席，並在大會上宣讀了論文《來自天堂的召喚——論羅門和蓉子的價值》。此文寫於二〇一〇年二月至四月，是一篇羅門和蓉子的合論，發表在《中國現代文學研究叢刊》二〇一一年十期。該文還另寫成一篇，以《通向天堂的大門——羅門、蓉子的詩歌世界》為題，刊載於《古典與現代》（海南大學人文科學叢刊）第三卷（漓江出版社2011年11月第1版）。

　　在海南的幾天，我和夫人馬繼紅同羅門、蓉子夫婦朝夕相處，或

切磋車中，或漫活海灘，或爭鳴月下，或誦詩日前，進一步加深了相互的了解，不由得興起了為這對「東亞的勃朗寧夫婦」作傳的念頭。二○一一年的年末與二○一二年的二、三月份，終於寫成了《愛與詩的交響──記羅門和蓉子的人生》。

本書就是上述篇文章的合集，為與《蓉子論》一文題目統一，特將《追索「前進中的永恆」──論羅門的詩歌藝術》改為《羅門論》。由於「人生」一文側重在「愛」與「詩」，較為簡略，尚欠全面，特附羅門和蓉子的創作年表與著作書目，及照片，供讀者參考。

最後，還要解釋一下本書的書名，取自美國普立茲獎和自由勳章獲得者威爾・杜蘭特著的一本書《歷史上最偉大的思想》（北京中信出版社2004年1月第1版）。原文如下：

> 從我自己的角度來說，我堅持這種終極信仰。因為我在這樣的信仰中得到了心靈的滿足，也找到了一些比年輕時的潛心迷醉更持久的誘惑。……為什麼我們會充滿敬意地面對高山之巔的飛瀑，面對夏夜海面的圓月，卻不願意以同樣的敬意來面對一個傑出的、優秀的人呢？其實，沒有什麼自然奇觀能比得上偉大的人性。……

另一段：

> 在充滿幻想的年輕歲月中，我們曾以為生命是一種罪惡，只有死亡才可以將我們帶進天堂。但是我們錯了，天堂並不遙遠，即便在我們活著的現在，我們也可以進入天堂。生活中每一種偉大的著述，每一件藝術作品，每一個誠摯的生命，都是一種來自天堂的召喚，都是一扇通向天堂的大門，只是我們過於急切地熄滅了希望之火和崇敬之光。

　　羅門和蓉子都是傑出的、優秀的人，他倆的作品便是來自天堂的召喚，一直通向天堂的大門。

2012年3月8日寫於杭州

國家圖書館出版品預行編目(CIP)資料

通向天堂的大門 ： 東方勃朗寧羅門和蓉子傳論 /
龍彼德著． -- 初版． -- 臺北市 ： 萬卷樓，
　2013.11
　面 ； 公分． --（文學研究叢書. 現代詩學叢
　刊）
ISBN 978-957-739-830-7（平裝）

1.羅門 2.蓉子 3.詩評
　　　　831.86　　　　　　　　102023281

通向天堂的大門──東方勃朗寧羅門和蓉子傳論

2013 年 11 月 20 日初版 平裝

ISBN 978-957-739-830-7　　　　　　　　定價：新台幣 200 元

作　　　者	龍彼德	出　版　者	萬卷樓圖書股份有限公司
發　行　人	陳滿銘	編輯部地址	106 臺北市羅斯福路二段 41 號 9 樓之 4
總　編　輯	陳滿銘	電話	02-23216565
副總編輯	張晏瑞	傳真	02-23218698
編　　　輯	吳家嘉	電郵	editor@wanjuan.com.tw
編　　　輯	游依玲	發行所地址	106 臺北市羅斯福路二段 41 號 6 樓之 3
責任編輯	楊子葳	電話	02-23216565
封面設計	斐類設計	傳真	02-23944113
		印　刷　者	百通科技股份有限公司